批　评

［英］凯瑟琳·贝西尔　著

刁俊娅　　　　译

生活·讀書·新知 三联书店

Copyright © 2021 by SDX Joint Publishing Company.
All Rights Reserved.
本作品简体中文版权由生活·读书·新知三联书店所有。
未经许可，不得翻印。

图书在版编目（CIP）数据

批评/（英）凯瑟琳·贝西尔著；刁俊娅译.—北京：生活·读书·新知三联书店，2021.4
（通识文库）
ISBN 978-7-108-07119-4

Ⅰ.①批… Ⅱ.①凯…②刁… Ⅲ.①文艺评论
Ⅳ.①I06

中国版本图书馆 CIP 数据核字（2021）第 045121 号

First published in Great Britain in 2016 by PROFILE BOOKS LTD.
The moral right of the author has been asserted.
All rights reserved. Without limiting the rights under copyright reserved above, no part of this publication may be reproduced, stored or introduced into a retrieval system, or transmitted, in any form or by any means (electronic, mechanical, photocopying, recording or otherwise), without the prior written permission of both the copyright owner and the publisher of this book.

责任编辑	陈丽军
封面设计	黄　越
责任印制	洪江龙
出版发行	生活·讀書·新知 三联书店
	（北京市东城区美术馆东街22号）
邮　编	100010
印　刷	常熟市文化印刷有限公司
版　次	2021年4月第1版
	2021年4月第1次印刷
开　本	890毫米×1092毫米 1/32 印张 5.625
字　数	99千字
定　价	38.00元

目　录

一　批评的实践　　　　　　001

二　批评的回眸　　　　　　035

三　学科的形成　　　　　　069

四　理论的作用　　　　　　105

五　批评的现状　　　　　　139

延伸阅读　　　　　　　　167

索引　　　　　　　　　　173

一 批评的实践

选择

"你怎么看?"

任何问你这个问题的人,都把你当成了批评家。

我们大多数人都会不时地实践批评,哪怕只是选择欣赏这部电影,阅读那本书或观看其他节目。周末版的报纸上,刊登着关于时下小说、戏剧、电影、展览的详细评论;阅读小组和书友会,就同一部作品引发的不同批评展开热议;越来越多的文学节,在对新作品的研讨中蓬勃发展。

与此同时,从我们很小的时候开始,阅读和谈论阅读,已成为学校课程的一部分。因此,批评的习惯从儿童时期就开始被反复培养,直至看上去趋近于自然(或者说必然)——无论那是好是坏。

我们往往止步于说出"我喜欢它",或者"我不喜欢它"。但当我们聊得更具体时,谈话就有可能以更有趣的方式推进。

这本书,不是一部批评史,不是一部批评家百科全书,也不是一部批评术语宝典。它是对批评本身的反思,是对某些可能和选择的反思——那是普通读者、评论者、阅读小组成员及文学系师生都将要面临的。对于我们阅读(或观看)的形式及内容,我们在多大程度上做出了有意识的选择?我们通常在小说中寻找什么？我们可以找到什么？

考虑这些问题，必将涉及一些历史、一些著名批评家的相关讨论，以及一些批评术语的解释。随着时间推移，批评界逐渐发展出一套专门指涉诗歌与叙事的词汇。那些流行术语诚然值得密切关注，但它们也可能有待改进。也许在谈论阅读（或观看）时，我们可以有效扩展原本习以为常的词汇范围。而新的术语，则可能促使我们提出一些关于一般性阅读或针对具体作品的问题。

批评并不局限于戏剧、电影、小说和诗歌的分析。所有被创造的事物都有权利获得批评。除了悠久而卓越的艺术批评外，还有音乐专家，更不用说那些食评家和品酒师了。我要说的一些内容，也在不同程度上适用于这些领域。不过，尽管这本书所涉及的视野比诸如葡萄酒酿造学之类略广一些，但它还是主要着眼于虚构作品及其创作。

那么，为什么不干脆称它为《文学批评》（Literary Criticism）呢？因为文学这一领域的既有划分方式让人感到不适。不管是不是有意为之，这个词都暗含着一种先验的价值判断：文学是好东西，值得特别关注；其余的东西，往好里说是流行文化，往坏里说是低俗小说或垃圾。这种划分方式的一个问题是：这些评判通常是由前人决定的。

让我们抛开一切，从头开始吧。

"fiction"（小说、虚构作品）这个词也有它的问题，因为它似乎与"真"相悖。诗歌、散文、回忆录大约会以真理自居，但同时又与历史、自然科学和社会科学所宣扬的那种对于事实的绝对忠诚相区别。我们没有一个综合的术语，来描述那种并非主要致力于传递事实的写作。而"fiction"这个词的优势则在于其涵盖电影、歌剧以及各种绘画形式。

自古以来，西方一直实践着关于虚构作品的批评，相关争论也历史悠长。以亚里士多德（Aristotle）为例，他反对柏拉图（Plato）将虚构作品排除在理想国之外的主张。亚里士多德关于悲剧的书写至今仍具有权威性，但他的观点却引起了争论，历代人不断回溯他提出的那个令人费解的问题：为什么悲剧能带来快感？虽然后来的批评包含一系列活动，集中于不同的主题或体裁，或关乎个别作品的形式构建，或关乎它在历史以及特定文学史上的地位，但这些方法都引起过争论。

即便最终什么都没有解决，至少有三个主要问题已经占据传统批评的中心：价值判断、伦理道德和作者意图。人们花了很多精力来构建价值的层级——他们惯于问，这个作品的地位如何？评判往往与对作品伦理价值的坚持相伴而生。我们在虚构作品中获得的快乐，只能被看作道德药丸上的糖衣吗？甚至连快乐本身也是被质疑的，因为它会分散人们对手头重要工作的注意力。与此同时,我们能在不知道作者是谁或作者想法的情况下理解这部作品吗?

对于批评优先级的理解,随着时间的推移而变化。未来的重心,是否会再次发生改变?批评从何而来,又将走向何方?最重要的是,我们如何才能更好地反思这些问题?

一个案例

批评是通过回答问题来实现的,而具体问题的着眼点不尽相同,也并不指向必然的结果。相反,作品是独立存在的,也许会出乎我们的意料。寻找作品的道德真理(moral truth)并不等同于评判作品的历史地位——至少二者在某种意义上并非相互绑定。形式分析(formal analysis)与作品探源也有所不同。而这些都被囊括在批评的范畴内。

现在我也面临一个问题,那就是如何以多元的形式来推进批评,使之超越简单的好恶,进而追溯传统批评主张之源,并为其提供一种替代方案。答案可能是:试着从不同的角度去考虑一个例子。如果该例可供检验,那么讨论将更有说服力。并且,由于似乎不存在被所有人烂熟于心的作品,这就意味着我们要在此进行作品的重述。它不应是《李尔王》(*King Lear*),也不是《失乐园》(*Paradise Lost*)或《战争与和平》(*War and Peace*),最好不是一部太令人费解的作品——对于那类作品,除了最坚定的读者外,大多数人都会望而却步。古代的,还是现代的呢?没有任何个例可以覆盖所有可能性。无论我选择什么都难以面面俱到:如果选择散文,就无法对诗歌形式进行反思;而在抒情诗中寻找叙事悬念,更是毫无意义。

理想的案例,应像任何单词结构一样自成一体。那么,就不是节选了。一个很短的故事?一首诗?或许两者皆可。在众多可能性中,让我们暂先选中这首吧:

A slumber did my spirit seal;
(安眠封印了我的灵魂,)
I had no human fears:
(人世的恐惧忘却殆尽,)
She seemed a thing that could not feel
(她已回归自然,)
The touch of earthly years.
(对岁月的推移无知无觉。)

No motion has she now, no force;
(纹丝不动,了无声息,)
She neither hears nor sees,
(闭目不视,充耳不闻,)

Rolled round in earth's diurnal course

（她陪着山脉，伴着木石，）

With rocks and stones and trees.

（追随大地昼夜飞驰的转轮。）[1]

你觉得如何？大多数人都会喜爱这首作品，至少愿意为它多思考一下。这样的作品并不会让他们望而却步，它的词汇很简单，只有一个单词有两个以上的音节。它很清晰易懂，至少初看起来是这样。它的叙述引人入胜，足以引发共情，或者至少可以说，它让我们在想象中实现了情感的共鸣。

也许这已是个不错的答案。正如阅读小组和学术会议有时展现出的，无论支持或反对，越强烈的投入往往引发越强烈的争论。在争论中，每一方都会孤立地看待那些支持自己初步判断的特征，从而忽略那些指向另一个方向的细节，以及诸种困境或复杂情形。价值判断常常被理所当然地视为批评的首要目的，然而在实践中，它可能是最无用处的。让我们回过头来看看品酒师吧。很显然，优秀的品酒师不仅要给某些年份的美酒打分，更要竭尽所能地试着用语言来描述某种可能被消费者期待的味道。诚然，这也有其愚蠢

---

[1] 威廉·华兹华斯（William Wordsworth）的诗作《安眠封印了我的灵魂》，见 Fiona Stafford (ed.), *Lyrical Ballads, 1798 and 1802* (Oxford: Oxford University Press, 2013)。

的一面（诸如"一种混杂着快乐气质的小酒"这样的描述），但好处在于，它有可能予人启发。同理，批评也是如此，也有其愚蠢的一面。最好的批评通常不是评价性的，而是反思性的，且更具描述性，热衷于寻找描述作品的各种方法。

或许，换句话说，我们可以把这个老生常谈的问题重新调整一下，以开辟更多选择。

"你觉得如何？"

"你怎么看？"

"这个作品让你想到了什么？"

在分解作品的细节之前，我想先完成一份概述。这好比在解读某一帧电影画面前，必须看完整部电影；在分析第三章开头的文本前，也肯定要读完整本小说。这一概述必然具有即时性，因为一旦开启细节研究，情况就会变得更加复杂。但我总要尝试看看。

我们从这首诗中可以初步获得些什么呢？简而言之，它记录了一个曾经鲜活且看似不老的生命，已经死了，被埋葬了。两个时间点的状态形成了对比：曾经，"她"似乎被时间遗忘；如今，"她"纹丝不动，无知无觉。两种截然不同的时态分别代表过去和现在，而两段诗文之间的空白，则将它们分割开来。两个代词区分了主题：在第一节中，"我"占据了主要位置，"她"只存在于我的叙述里；到了第二节，只剩下了"她"。曾经"我"以为"她"永不会死，而事实是，现在"她"已闭目不视。但是,"她"将在这生生不息的地球上,与自然万物一同转动。

矛盾的是,正如这份粗略的总结所指出的,比较往往基于相似性。比较两把椅子,或者一把椅子与一张桌子,那是很容易的,因为它们具有共同的属性。相比之下,比较智能手机与荨麻,或者乌鸦与写字台,那就难多了。在本诗中,用于形成比较的措辞彼此相似,同时不断置换。曾经,"我"对更迭视而不见,对时间无知无觉;如今,"她"已毫无意识。曾经,"我"缺少人之为人的某一特质;如今,"她"已失去人与自然万物相区别的一切特质。曾经,"她"似乎恒久不变;如今,"她"再也无法改变。曾经,"她"似乎被地球上的定律遗忘;如今,"她"已成为地球本身。

"她"是一个"thing"(物)——听起来有点古怪,但并非毫无道理。以莎士比亚(Shakespeare)的作品为例,在《维洛那二绅士》(*The Two Gentlemen of Verona*)中,凡伦丁将他心爱的西尔维娅称为"a thing divine"(神圣之物);而在《暴风雨》(*The Tempest*)里,米兰达爱上斐迪南时也用了相同的描述:"我愿称他为神圣之物,因为我从未见过如此高尚的事物。"在这两例中,"thing"这个词都指向一种神秘莫测的东西,它也同样定义了我们这首小诗里的"她"。对于"我"那被封印的、无畏的意识而言,"她"是不死的。但是,到了诗的第二节,前一节中超自然的"物"变成了一个更具有明确意义的物体，与木、石等自然物并列。

"我"

不同状态之间既相互平行，又得以保留差异，使这首诗以小小的容量承载了惊人的复杂故事。而未解之谜依然存在：我们对这首诗中的"我"所知甚少；"她"显然很重要，但为什么呢？"她"或许是一个爱人，一个母亲，一个姐姐或妹妹，一个孩子，或者一只宠物狗，等等。批评家被这首诗平易的文辞吸引，为它所未曾吐露的隐语而着迷，并希望它讲述的故事是真实的，试图以专有名词去替换诗中的代词。换句话说，他们更倾向于在书页上寻找文字以外的东西，以诗之外的参照物来验证或丰满它。

通常认为，任何一句话都是一段来源可溯的信息。但常识即真理吗？尤其是在那些被宽泛地称为"fiction"的事物上，它还适用吗？在诸如此类以抒情诗形式呈现的文本中述说"我"，意味着什么？我们是否可以假设，诗以外确实存在着这么一个人，正经历着诗中所描述的那些情感？或者说，诗讲述的故事必须是真实的吗？乔治·威瑟（George Wither）说"我爱过一个姑娘，一个漂亮的姑娘"，我们需要为之考证吗？科尔·波特（Cole Porter）写"我把你藏在我的肌肤之下",难道是事实吗?抒情诗之所以为抒情诗,正在于其足以覆盖所有人。任何一首标准的情歌,例如《贴面》("Cheek to Cheek")、《一想起你》("The Very Thought of You")、《蓝月》("Blue Moon"),都是适用于各类人的,不论男女歌手都可以演唱。

假如把一首抒情诗还原为现实,很多东西都将被剥离。本·琼森(Ben Jonson)在他的挽歌之作《让我做我自己》("Let Me Be What I Am")[1] 中陈说了一个虚构的"我",其观点大致如下:现实生活中的诗人可能衰老、肥胖、冷漠,但为了让他所书写的爱情诗令人信服,他会向读者展示一个年轻、敏捷、充满爱意的形象——与其说是在现实中,不如说是在文字所绘制的幻境里。酒馆里的作家与被诗歌赋予生命的人物,此二者之间往往存在差异。抒情诗,就是这样游离于事实和虚构之间。一部独立的作品也许会有这样或那样的倾向,而对批评家来说,问题在于:我们永远无法确定我们身在何处。例如,批评家为探寻莎士比亚十四行诗背后的故事耗费了大量的精力,但他们显然没有考虑到,莎士比亚是一位全职剧作家,他足以对刺客、小丑、扒手、服丧之子、醉汉、愤怒的父亲、天真的处女和秘密结婚的年轻女子等各类人物的心理感同身受。当十四行诗的作者宣称自己坠入爱河

---

[1] 参见 Ben Jonson, *The Complete Poems*, ed. George Parfitt (Harmondsworth: Penguin, 1975), pp. 179-181。

时，他们也许只是写了一首值得称颂的十四行诗，甚或还在计划书写的过程中。

评判一首诗带有多少自传性质，是批评家工作的一部分吗？如果确实如此，这对我们理解作品有什么影响？《安眠封印了我的灵魂》是华兹华斯于1798年至1799年的冬天写下的，其时他与妹妹多萝茜（Dorothy）同在德国。该诗收录于1800年再版的《抒情歌谣集》（*Lyrical Ballads*）。也许正因为这首诗让人感到如此可信、如此真实，老一辈的批评家理所当然地将诗中的"我"视为华兹华斯本人，并比照着他的其他作品来解读这首诗。这类思考似乎指向一种判断，即诗人表现出了对死亡的倾心：华兹华斯热爱自然，石、木是他的靠山与守护神，而"她"有幸身处其中，因此华兹华斯一定很羡慕"她"。

这样的分析诚然有一定合理性，但我个人认为它无法可信地解释诗中那些带有否定意义的词语，诸如"纹丝不动""了无声息""闭目不视""充耳不闻"。我也看不出最后一行的几个单音节词是在欢庆"她"与诗中所列各种自然物的结合。换言之，这样的解读似乎已跳出了这首诗的边界，不再是就诗论诗。你认为呢？

在评析此诗可信性的同时，还有一种更偏文本化的方式来援引作者。在首度收录该诗的《抒情歌谣集》之序言里，华兹华斯为这本颇具实验性的诗集进行辩护,他宣称自己旨在突破读者所习以为常的那种夸张的诗性语言。第一版诗集开头的宣传语也谴责了当时盛行的"华丽而空洞的措辞"。到了第二版《抒情歌谣集》,也就是收录了《安眠封印了我的灵魂》的那一版,序言的态度虽较此前的宣传语有所缓和,但仍然指出18世纪的诗歌有意识地强化了文体桎梏,取代了真实的情感。

该篇序言称,与传统相反,《抒情歌谣集》将呈现"从人们日常真正使用的语言中挑选出来的那些语言"。"我们天性的根本规律"和"内心的天然激情"将成为诗歌的素材,而简单明了的语言足以不受拘束地描绘这一切。因此,写作的方式应该是自然的,至少要与韵律所允许的乐趣相容。

换言之,普通人的强烈感受将由日常语言来书写,令体验趋近于真实。我们追随华兹华斯的脚步,以至于也把不加修饰与真实联系在了一起。《安眠封印了我的灵魂》这首诗给人一种一目了然的印象:它平易的基调,似乎保证了它作为个人情感表达的真实性。诗中字词几乎都来自古英文,除了"diurnal"(白昼)。这是18世纪诗歌中的高频词之一,但用在此处,或许是由于它在诗中所处的位置之重。只有在两种情况下,这些词偏离了日常说话的模式。第一行,本应为"a slumber sealed my spirit",而华兹华斯显然采用了一种诗意化的语序"a slumber did my spirit seal",既不押韵也不合乎格律。后面的"no motion has she"似乎是出于其他考虑，因为这一句本可以合韵，却采用了倒装句式，来特别强调句首的否定词"no"。如果不这样处理，句子的结构就和词汇一样令人再熟悉不过了。这首诗的简洁之风，似乎证实了其表达的诚意。关于死亡的惨淡事实，究竟有什么可说的呢？

此外，《安眠封印了我的灵魂》是一首歌谣。它的写作方式模仿了民间歌谣传统，即对原始激情予以直接、平易的描述。《抒情歌谣集》这个书名并非偶然。奥古斯都时期的诗人十分重视高雅的文体和拉丁式的句子结构，以及古典词汇和典故运用——这一点为后来的弥尔顿（Milton）和德莱顿（Dryden）所承继。随着中世纪哥特风的兴起，直至法国大革命之前的几十年，一股民粹主义（populism）逆流开始浮现。有一本书的书名颇值得玩味，那就是托马斯·珀西（Thomas Percy）于1765年出版的颇具影响力的选集《古英文诗歌的再现：古老的英雄歌谣、歌曲和我们早期诗人的其他作品（以抒情类作品为主）》（*Reliques of Ancient English Poetry：Consisting of Old Heroic Ballads, Songs, and Other Pieces of Our Earlier Poets* [*Chiefly of the Lyric Kind*]）。相比之下，《抒情歌谣集》的书名则大大地简化了，正如其内容本身的压缩一样。

《安眠封印了我的灵魂》这首诗朴实无华，正如民间歌谣一样，它模仿了后者惯用的生硬过渡，以及其

13　　《古英文诗歌的再现》带有哥特复兴风格的书名页 [1]

最常见的韵律：第一行有四个重读音节，第二行则有三个。请看收录在上述珀西选集里的《帕特里克·斯宾斯爵士的歌谣》("The Ballad of Sir Patrick Spens")之开端：

The king sits in Dunferling town,
（国王坐在邓弗林镇上,）
Drinking the blood-red wine.

1　图源：剑桥大学图书馆。

（喝着血红的酒。）

再回头看看这句：

A slumber did my spirit seal;
（安眠封印了我的灵魂，）
I had no human fears.
（人世的恐惧忘却殆尽。）

在上面一首诗中，"drinking"（喝）这个词可以改变第二行的重音。我们还可以讨论一下"sits in"（坐在）的重音应该放在哪里。华兹华斯的诗仅仅修正了传统作品的一点不规整之处。

正如《安眠封印了我的灵魂》，歌谣往往讲述一个故事，无论篇幅多么短，通常都是一个凄凉的故事，描述一种充满苦难与暴力的生活。在《帕特里克·斯宾斯爵士的歌谣》里，帕特里克爵士和他的船，以及船上所有船员，都被海洋吞没。而《安眠封印了我的灵魂》里的"她"也消失了，不是被大海吞没，而是为成日旋转的地球所吞噬。死亡和爱情，都是传统歌谣中常见的主题。再看《墓地未眠》（"The Unquiet Grave"）[1]：

---

1 参见 F. J. Child, *The English and Scottish Popular Ballads*, 78 A。

The wind doth blow today, my love,
(今天风儿尽吹,爱人,)
And a few small drops of rain;
(雨滴也零星飘落,)
I never had but one true-love,
(我从来就只有一个挚爱,)
In cold grave she was lain.
(而她却躺在冰冷的墓园。)

无名的爱人哀悼了一年零一天,直到尸体在坟墓中开口,问他为什么不让她休息。他渴求最后一次拥抱,但死去的女人回答:

If you have one kiss of my clay-cold lips,
(若你得到我冰冷如泥的唇上一吻,)
Your time will not be long.
(你的时日也将不久。)

该诗的叙述是晦涩的,没有任何解释和语境。其用词就像《安眠封印了我的灵魂》一样寻常,随处可见。但它展现给我们的是一个鬼故事,并没有以"真实"自居。如大多数歌谣一样,诗中人物皆为无名氏——毕竟,没有一个头脑正常的人会试图去辨认这些人物。

《抒情歌谣集》的序言，以及浪漫主义诗人针对其前辈发出的其他宣言，已被证明是如此具有影响力，以至于当现代读者发现被他们声讨的 18 世纪的诗歌竟比想象中更令人愉悦时，往往会喜出望外。我们承继了华兹华斯的观点，往往将"简单的形式"与"真诚的情感"直接画上等号。但聪慧的读者将会意识到，最高级的艺术在于使艺术隐身。换言之，朴素的风格可能比任何花哨的比较都更需要技巧。如果我们一味相信《安眠封印了我的灵魂》对所谓的朴实无华的真相的宣扬，我们可能会低估它暗含的技巧。正如《抒情歌谣集》中收录的其他作品一样，也许这首诗比批评家想象的更接近于虚构作品。

知识链接：

威廉·华兹华斯（1770—1850），英国浪漫主义诗人，1843 至 1850 年间被封为"桂冠诗人"（Poet Laureate）。初期怀抱对法国大革命的热烈向往，而后在局势巨变之下转为排斥态度，从此遁迹于山水。长诗《序曲》（*The Prelude*）于 1806 年首度完成，历经多次修订，直至其去世后出版。在该作中，诗人就"自然"在其诗歌创作中的地位进行了回顾。

"她"

如前所述，诗中的"我"通常被认为正是华兹华斯本人。那么"她"又是谁呢？批评家对此展开了热烈的猜想。他们热衷于将目光投向作品之外，力图证实作品所描绘的情感的真实性。这首没有标题的诗于1800年首度问世，在诗集中排布于两首关于露西（Lucy）的抒情诗之后。其中，第一首叫作《我所知的奇异激情》("Strange Fits of Passion I Have Known")，诗中的"我"身为露西的情人，在去往露西小屋的路上，突然被一种无法解释的恐惧淹没，害怕她可能已经死了。第二首《她住在人迹罕至的地方》("She Dwelt among the Untrodden Ways")里，露西是一个不知名的少女，已沉睡于墓中。由于《安眠封印了我的灵魂》位于这两首诗之后，很多人会据此判断：诗中那个无名的"她"一定也是露西。

然而1815年，华兹华斯抽出部分诗作单独成册，打破了此前的排序。这一次，排在《安眠封印了我的灵魂》前面的是另一首关于露西的作品，而在该作中，露西于三岁那年便去世了。但是，维多利亚时期的编辑们又挑选了五首华兹华斯的作品组合为"露西组诗"，其中《安眠封印了我的灵魂》位列第三。初时的临时组合，定格成了一个后人绕不开的事实。

不过这一定律也有例外。一些批评家（也许他们更乐于成为语法学家）认为该诗真正的主角应该是"my spirit"（我的灵魂），因为在"她"突兀地出现于第三行开头之前，这是全诗唯一的角色。"我的灵魂"如此之快地陷入了安眠，以至于此刻它已趋于死亡。在我看来这似乎有些牵强附会，尤其忽略了这类无名抒情诗的悠久传统。当威廉·康格里夫（William Congreve）以"false though she be"（尽管她虚伪）为开头写下一首与《安眠封印了我的灵魂》篇幅相当的诗作时，我们不会去求证那个"她"姓甚名谁，就像我们不会去求证"她爱你，耶耶耶"或"她会是我无法忘记的容颜"这类句子一样。对了，插句纯属娱乐的题外话，请允许我分享该类型作品中我最喜欢的一首，来自罗伯特·赫里克（Robert Herrick）：

> Her pretty feet（她的纤纤玉足，）
> Like snails did creep（好似小蜗牛，）
> A little out, and then,（怯怯探出头，）
> As if they started at Bo-peep,（又如小童嬉戏，）
> Did soon draw in again.（速速藏起不露。）[1]

---

[1] 《玉足》（"Upon her feet"），参见 Tom Cain and Ruth Connolly (eds.), *The Complete Poetry of Robert Herrick* (Oxford: Oxford University Press, 2013), 2 vols, vol. 1, p. 183。

赫里克显然非常幽默,而我们也不必在意到底是谁的脚在这宽大的裙摆下羞怯地藏藏露露。那么,为什么仅凭《安眠封印了我的灵魂》挽歌式的风格,就一定要煞有介事地弄清楚这位无名的"她"的身份呢?

与此同时,露西的身份至少引出两个问题。首先,在1800年版的《抒情歌谣集》中,位于《安眠封印了我的灵魂》之后的是一首叫作《瀑布和野蔷薇》("The Waterfall and the Eglantine")的寓言诗,与露西没有任何关系。显然,位置的相邻并不意味着意义的连续。其次,没有人能确定华兹华斯现实人生中的露西是谁。相反,这其实是18世纪诗歌中十分常见的一个名字,用以称述一段段宿命般的爱情故事。前面提到的珀西的选集中就有一首描述露西之死于爱情的歌谣。综上所述,即便"她"确是露西,且是一位年轻女子,这一身份也无法满足人们将这首诗比附于现实的愿望。

华兹华斯的密友,也即《抒情歌谣集》的另一位作者——塞缪尔·泰勒·柯勒律治(Samuel Taylor Coleridge),在给朋友托马斯·普尔(Thomas Poole)的一封信中抄写了这首诗,称其为"崇高的墓志铭",并称:"我不知道它是否真实存在。""很可能,在某个更为阴郁的时刻,华兹华斯想象着他的妹妹可能会死去。"[1]

---

1 参见 Earl Leslie Griggs (ed.), *The Collected Letters of Samuel Taylor Coleridge* (Oxford: Clarendon Press, 1956), vol. 1, pp. 479–480。

柯勒律治的此番言论，引发了人们对于现实中露西这一角色之可能人选的大搜查。"她"是华兹华斯的妹妹多萝茜吗？但柯勒律治并不确定。那么，是他的法国情人安妮特·瓦隆（Annette Vallon），抑或他的妻子玛丽·哈钦森（Mary Hutchinson）？问题是，1798 至 1799 年间，这几位女性都尚在人世。这也就把该诗推回至虚构的方向，即幻想中"某个更为阴郁的时刻"。因此，仍然无法为它提供现实的根基。也许，露西是他身份不明的青梅竹马，那时已经死了？还有另一位可能人选，即玛丽的妹妹玛格丽特·哈钦森（Margaret Hutchinson）[1]，她于 1796 年去世，享年二十四岁。玛格丽特有可能既是露西，又是诗中的"她"吗？

确实存在这种可能性。尽管没有任何证据能支持这一观点，但是一旦我们不那么较真，猜测就会变得好似事实——不止一位批评家相信这首诗是关于玛格丽特·哈钦森的。在他们看来，华兹华斯显然爱上了她，而她的早逝让他第一次意识到死亡。就这样，一首抒情诗突然凭借言情小说的传统确认了意义。作为纠偏，此处也许应当提醒一下诸君：柯勒律治曾说过自己不知道"她"是谁，甚至不知道这一切是否真的存在。

---

[1] 持此观点者如哈罗德·布鲁姆（Harold Bloom），参见其著作 *How to Read and Why* (London: Fourth Estate, 2000), pp. 121 - 122。

以下，我将要炮制一段与上述推理相冲突的剧情，我相信它听起来同样十分真切。让我们看看编造这些故事是多么容易吧。

或许，这首诗讲述的并不是一个英年早逝的人？如果"她"已经"对岁月的推移无知无觉"，难道我们不应该认为"她"实际上是在不动声色地老去吗？那么，这个"她"不是爱人，而是与爱人有着同样重要地位的母亲？《抒情歌谣集》收录的另一首作品《我们七个》（"We are Seven"），讲述的是一个八岁的小女孩，她的姐姐和弟弟已经死去，但她固执地不肯承认他们已一去不复返的事实。尽管她知道简和约翰就躺在教堂的墓地里，尽管他们的死亡使这个家庭的孩子由七个减少至五个，但她坚称"我们一共七个"。序言中解释道，这首诗关注的是童年与死亡之间的不可兼容。华兹华斯的母亲去世时他正好八岁，难道这是个巧合吗？是的，可能是巧合，但坚持将诗歌根植于现实的批评家不会满足于此。如此，借用这本书里的另一首诗来解读《安眠封印了我的灵魂》，"她"就变成了华兹华斯的母亲。安眠封印了他八岁的心灵，那是童年时代的纯真；而如今，作为一个成年人，他已知道死亡意味着什么。

一位受人尊敬的批评家J. 希利斯·米勒（J. Hillis Miller）援引精神分析学（psychoanalysis）理论来中和这两种观点，他认为露西是一位虚构出来的年轻女性，对于华兹华斯而言，她取代了其亲生母亲的地位。[1]孤独而困惑的诗人想要随她们而去，死去（dead），却不是真正的死亡（dying），而是成为自然的一部分，同时以一个生者的身份去感知它。同类讨论还有很多，诸君如果感兴趣，可以进一步研究。

在以上各种解读中，诗的真正中心都是"我"，即诗人华兹华斯。他看上去收获了有关死亡的知识，但这是以把"她"交付给地球为代价的。无论他多么悲伤，他从一个女人的死亡中获益，发现了重大的真理，也得到了智慧。而更大的掌控权在批评家手里，他们通过调查诗人的现实人生，去剖析一首难以捉摸的抒情诗。他们占有这首诗，探测它的秘密，揭示它教给我们的东西：如果我们拒绝改变，就将自担风险，而人终有一死。华兹华斯知道这一点，是因为那个不知是露西、玛格丽特还是他的母亲的"她"死去了。

对于这些，我并不认同。

你怎么看？

知识链接：

塞缪尔·泰勒·柯勒律治（1772—1834），英国诗

---

[1] 参见 "On Edge: The Crossways of Contemporary Criticism," in *Romanticism and Contemporary Criticism*, eds. Morris Eaves and Michael Fischer (Ithaca, NY: Cornell University Press, 1986), pp. 96-126。

人、批评家、文学理论家。对《抒情歌谣集》的最大贡献是独树一帜的歌谣《古舟子咏》("The Rime of the Ancient Mariner")。关于莎士比亚的研究极具影响力，而其批判哲学（critical philosophy）思想可见于1817年出版的文学评论集《文学传记》(*Biographia*)。

另一种选择

如此，这首诗通常被认为是不完整的。其背后的假设是，批评家的工作需要凭借引入外部信息来完成，并在此过程中阐明其道德目的。你也许会发现，我对这种传统的解释方法并不十分满意，因为它将批评家的任务当成了：提供文字本身所遗漏的东西，再把所谓真正的主题强行植入作者的头脑中，以便揭示一种道德真理。在我看来，这个过程中包含了太多的道德训诫、太多的猜想、太多的掌控。我并不认为欣赏这首诗需要外界信息的辅助，也不相信单凭解开它的谜题，就能让它为我们所有。

那么，为了便于讨论，让我们试试用一些不同的方法，把《安眠封印了我的灵魂》当作一首抒情诗，而不是一篇日记。这将意味着忽略那些身份推测，让代词保持所指不明，而让诗本身徘徊在事实与虚构之间。我们会假设它不需要场外信息的补充，并放弃为读者揭示任何道德意义。相反，这首诗将被视为对一场无可挽回之遭遇的戏剧化呈现。在这种情况下，我们可能会注意到："我"在第二行之后就消失了，在后面的诗句中，主语不再是"我"，而是"她"。"她"似乎不受死亡的影响，现在却为大地所吞没。一个独特而有价值的个体（人或宠物），消失在不可抵抗的死亡宿命中。猝不及防的丧亲之痛裹挟的苍凉之义，成了这首诗的主题。没有什么救赎，也没有任何裨益。如果硬要说这首诗记录了某种胜利，那么这份胜利也只属于死亡，它把鲜活的人类降到了与木石一般的维度。

如此，呈现在我们面前的就是一首真正具有实验性的挽歌。为死者哀悼的诗歌传统由来已久，传统的做法是承认死亡的悲剧，同时给出这样或那样的安慰。批评家试图从这首诗中寻觅道德意义，似乎有强行要求作品向这一传统靠拢的嫌疑。

试想华兹华斯有可能读过的挽歌，比如约翰·弥尔顿的《黎西达斯》（*Lycidas*），其宏伟、古典、华丽的风格，与《安眠封印了我的灵魂》相去甚远。弥尔顿的诗人好友爱德华·金（Edward King）于 1637 年去世，此诗正是为其所作。无论弥尔顿个人的感受如何，在这首牧歌式的挽歌里，叙述者首先是孤独的，因为他亲密的友人永久地消失了，一去不复返。诗中的"我"被这突如其来的死亡击垮了，但尽管如此，"我"还是找回了一种使命感，因为黎西达斯已去往天堂，而现在，在这里，在地球上，诗人还有使命要去完成。

再看多次为华兹华斯所引用的莎士比亚。其剧作《辛白林》(*Cymbeline*)中有一首极优美的挽歌，营造出另一种安慰：

> Fear no more the heat o' th' sun,
> （不再害怕骄阳炙烤，）
> Nor the furious winter's rages.
> （不再害怕寒风凛冽。）

华兹华斯年轻时所崇拜的威廉·柯林斯（William Collins），曾改写莎士比亚的挽歌。他把鲜活的大自然作为死亡之墓的慰藉：

> The red-breast oft at evening hours
> （知更鸟总在傍晚出现，）
> Shall kindly lend his little aid:
> （将善意的帮助彰显：）
> With hoary moss and gathered flowers,
> （采集了花儿与古老的苔藓，）
> To deck the ground where thou art laid.
> （将你安身之处装扮。）

与上述诸例相比，《安眠封印了我的灵魂》一诗的突出特点表现在，对于那些反复出现的关乎死亡的负面因素，它没有寻求任何补偿。这一点似乎与歌谣的传统相吻合。

僵局

或者，《安眠封印了我的灵魂》是一部关于无名主人公的虚构作品，同时也是一篇道德寓言？我不这么看。应当指出，批评家从诗中总结出的智慧是这样获得的：先幻化出一个有意识的自我形象，以叙述者或作者之姿站在文字背后，再去行使所谓的"后见之明"。只有把诗中的"我"视为华兹华斯或其替身，才能令人信服地将主人公设定为一个从经验中吸取了教训的人。那么，我们是否可以将其视作一个无可挽回的悲凉故事，并把华兹华斯当作问题中的"我"？也许不难想象。但是这样一来，华兹华斯本人的其他道德主张，也将渗透到人们对这部作品的解读当中。

两种截然不同的解读，分别聚焦于"获得"与"失去"。前者认为，这首诗教导我们认识人类为何；在后者看来，这首诗尽其所能地诉说了丧亲之痛。诚然，前者的解读亦包含有关死亡的凄凉遭遇，但好在它有充分的理由让人相信，这份敏锐的感受是不无裨益的。在这样的解读之下，华兹华斯——连带那些读者——更加悲伤，但也更具智慧了。而在另一种解读下,读者被邀请进入一种没有任何慰藉的悲伤之中。前者让我们获得信心与认识,后者则让我们深陷于主人公曾经缺失的"人类的恐惧"中。

从前一角度看,好像言之凿凿;从后一角度看,似乎也颇有道理。然而,由于每种解读都具有排他性,它们注定无法并行不悖。不言而喻,作为一个独立的读者,你可以任意选择其中一种,或者在两者之间摇摆。正如我所表明的,我个人更倾向于第二种观点。但批评则要面临更大的问题。据我所见,这两种截然不同的解读基于它们对以下问题的不同理解:批评为何?又有何用?前者寻求道德教育,后者寻求激情。前者超越了作品,后者则聚焦于作品本身。在这种情况下,我们无法求助于任何权威来确证何者是正确的,何者又是错误的,因为"正确"往往意味着对于解读所能企及之程度过于乐观。

有两种不同的批评,自然也就有两套不同的语言。其中一种致力于找寻意义,并为面目模糊的"我"和"她"确认身份,以定位其角色;另一种则令可能性更为多元,即我们对"我"和"她"这两个词的理解,并不依赖于特定的人物——换句话说,解读并不需要在语言本身之外另觅一个据点,相反,它选择保留代词的灵活性,并包容一定程度的不确定性。

也许在后文适当之处,我们会更多地就语言这一话题展开讨论。就目前而言,我们是否都同意:无论某个批评家的偏好如何，批评都将陷入僵局？我们不能断定诗中的"我"一定就是华兹华斯，同样，也无法否定这种可能。归根到底，《安眠封印了我的灵魂》这首诗是不可判定的（undecidable）。

如果承认上述观点，那么接下来呢？所谓不可判定性，是否意味着读者可以任意处置文本，或者用"一切都是主观判断"一言以蔽之？并非如此。文字所能承载的解读范围，一定是有限的。例如，我曾说过这首诗可以是关于宠物狗的。这就可以理解"thing"（物）和"no human fears"（没有人类的恐惧）这两处了——"我"就像狗一样，不了解死亡。另一种可能是，这首诗可能是对一场无意识的谋杀的告解："我"不像正常人那样害怕杀人，因为"我"不相信"她"会死，然而如今"她"躺在那里……这一主题在歌谣传统中并不罕见，且一度成为《抒情歌谣集》中的常客：《荆棘》（"The Thorn"）是关于杀婴的；《艾伦·欧文》（"Ellen Irwin"）中，充满妒意的情人失手杀死了主人公。

回到这首诗上，上述解读又似乎没有太多证据。诗中没有提及充满信任的眼睛和湿润的鼻子，这让人对诗的主题是一只狗的假设不免产生怀疑。与此同时，相信"她"不会衰老而死，并不等于认为"她"不会被谋杀。但是，无论这些解读看起来多么不可信，我们也无法完全排除它们的可能性。批评必然涉及判断，而并不是所有的判断都与作品的价值有关。对于多重解释的合理性，一些人表达了自己的担忧。威廉·燕卜荪（William Empson）就曾指出，好的判断力是批评家迫切需要的品质。[1]

尽管这首诗并没有提供多少证据来佐证宠物狗或谋杀的主题，但就字面而言，两者皆有可能。不过据我所见，同一部作品是不可能既讲述国会开幕仪式，又记录迪士尼乐园之旅的。不可判定性是由文字及其多重解释性所生发的，而并非读者沉浸于个人幻想，把文字抛在脑后的结果。阅读者必须且必然会遵从自己的喜好，但一旦当他们忽视了文字，他们就与批评无缘了。

形式

在细读《安眠封印了我的灵魂》时，我十分留意其形式特征，尤其是词汇、时态、语序、韵律和结构。我曾不自觉将其中诸种细节视为理所当然，包括大量的叠韵、类韵（如"rocks"和"stones"），还有头韵、重复的辅音（如"slumber""spirit"和"seal"），更不用说这两者的组合（如"rolled round"）了。与其他作品相比，隐喻在这首诗中发挥的作用并不突出。

---

[1] 参见 William Empson, *Seven Types of Ambiguity* (London: Chatto and Windus, 1953), p. 123。

请读第二节，正是那直白的字面意义，营造出令人倍感真实的印象。

由于不愿让批评沦为走过场，我没有将这些议题剔出，而是像批评家通常会做的那样，将它们均纳入讨论。尽管如此，对作品的形式特征给予自觉且审慎的关注，这一点还是值得再次强调的。除非我们明确地去找，否则这些特征很可能看似隐形。但在实践中，它们直接关系到各种可能性的构建与界定。好的批评必然对形式保持警觉，并且承认形式对意义生成所起到的作用。

流行趋势

华兹华斯的诗作是特例吗？

27

是，也不是。

一方面，每部作品都是这样或那样的特例；另一方面，《安眠封印了我的灵魂》提出了一些问题，而这些问题也不同程度地出现在批评家针对其他作品的研究中。

令我遗憾的是，如果形式问题没有得到应有的重视，那么我们当下的批评将为三种成见所主导。价值判断固然被公认为理所当然，但许多批评家会把价值与道德教育或伦理教育联系在一起。而寻找作品背后的作者，以此作为作品意义的保证，这一点在批评中也并不罕见。

我们不必随波逐流,每一种倾向都可能遭到各种各样的反对。在那之前,我们首先应当探讨的是:批评是如何把重点放在价值、道德以及作者这三个问题上的?

二 批评的回眸

彼时的解读,其他的方式

在今天的批评界,价值判断、道德追求以及揣度作者意图的倾向是如此盛行,几乎已成定式。但事实并非总是如此。早期西方批评家如柏拉图曾抨击虚构作品造成的不良影响,而其后诸多批评家则试图推翻这一观点。在彼时,价值判断与道德密不可分,与形式规则也多有相关。但随着时间推移,一代之主流评判标准到了另一代往往走向式微。援引作者生平以解读其作品,这是较晚近发展出的倾向,它至今仍饱受争议,尤其是对那些私生活经不起推敲却又饱受关注的艺术家而言。

在详议上述问题之前,也许应先建立起自己的好奇心。虽然难以还原彼时的普通读者是如何解读作品的,但至少有一种珍贵的传统保留了下来——尽管它常常被低估——即无关乎评价与作者,而仅聚焦于作品,提炼出让人意想不到的寓意。

西蒙·福尔曼(Simon Forman),一位伦敦的医生,记录了自己 1610 年至 1611 年间在环球剧院(Globe Theatre)观剧的体验[1]。他的笔记围绕戏剧情

---

[1] 参见阿登版 *Macbeth* (London: Bloomsbury, 2015), pp. 337 - 338 以及 *The Winter's Tale* (London: A & C Black, 2010), pp. 84 - 85。

节展开，例如对《麦克白》（Macbeth）的记录，就如同他亲历了剧情一般。麦克白与班柯骑马穿过一片森林，遇见三个仙女或女神（他并未称其"女巫"）。随着情节推进，福尔曼被班柯的鬼魂深深打动，还记下了一些细节：麦克白夫人梦游时为自己的罪孽进行忏悔，而"医师注意到了她的言辞"。

福尔曼并未直言对这部戏剧的褒贬，但从其关注情节之密切，可以想见他确实相当沉浸其中。对于创作这部戏剧的莎士比亚本人，福尔曼也并不在意——事实上，他全文无一字提及莎翁。不过显然，他很高兴在舞台上看见自己的同类人。此外，尽管他也喜欢以道德视角观赏戏剧，但那与今人从文艺作品中攫取伟大真理的企图委实相去甚远。例如莎翁的另一部剧作《冬天的故事》（The Winter's Tale），在福尔曼的笔下，丝毫不见里昂提斯漫长的忏悔和赫米温妮的复活——对于现代观众而言，最不能错过的正是这两幕——却重点记录了奥托吕科斯的诡计，尤其是他如何伪装成被抢劫之人以骗取钱财。最后，这篇记录以福尔曼给自己的备忘作结："留心那些假扮的乞丐和奉承之辈。"

将西蒙·福尔曼视为现代早期戏剧观众之典型，似乎显得不够明智。据说他还涉足神秘学领域，并被同时期正统的医生们指责医术平平，且性欲强烈。

但彼时也好，当下也罢，何谓典型呢？

我是典型读者吗？你呢？

当然都不算。

知识链接：

西蒙·福尔曼（1552—1611），英国医生。牛津大学肄业，先后成为教师、医生乃至预言家。据称其最终预言了自己的死亡。

希腊之辩

寻找典型实非易事。一般来说，各个时代的主流之声往往保持沉默，因其并无必要表明立场。于是，我们无从得知他们的想法。相反，那些鲜明的立场往往因对前人观点的反抗而显山露水，或者索性剑指其时盛行的正统观点。与西蒙·福尔曼不同，亚里士多德与其说是在记录舞台上看到的内容，不如说是在与其伟大的前辈柏拉图辩论。辩论的问题是虚构作品在宽泛意义上的价值，而非个别作品所彰显的原则。虚构作品是否对社会有益？柏拉图的观点与常人不同。

我们现在所称的人文学科（humanities），在希腊教育中至关重要。以荷马（Homer）、赫西俄德（Hesiod）为首的剧作家皆在教学大纲之列，他们不仅向年轻人普及文化，更提供神学与伦理学方面的教育。对此，柏拉图难以认同。在他看来，虚构作品很大程度上近乎谎言。这一看法是否基于希腊史诗中有独眼巨人与女巫变人为兽,以及军队藏于木马之腹等情节呢?不完全是。实际上,问题在于更深层面。

首先,作家与艺术家均无法接近真理本身,因为即使是现实主义者,也仅能模仿现实中所见之物。根据柏拉图的宇宙模型论,我们所能感知到的事物不过是复制于理式,那是诸天之上存在着的事物的完美理念。虚构作品表现(或者说再现)了我们所感知的事物,与现实相隔两层,实为阴影背后的阴影。

由此推断,艺术于社会并无功用。在柏拉图看来,工艺的价值在于达成目的——建筑师、木匠、鞋匠的作品可能并不完美,不过是出于对理念中的建筑、木床、鞋履的渴望,但却可以满足人类的需求;相比之下,艺术家则是对这些复制品进行再度复制,书写或描画出宫殿、沙发、鞋履罢了。由于无法导向实用,艺术家被认为不能创造出值得拥有之物。

此外,艺术家的创造还有可能带来切实的伤害。柏拉图指出,诗歌展示了神话里奥林匹斯山上争强好胜、唯利是图、心怀怨恨的众神。在他看来,这些描述是严重失实的,因为神是完美的,永远不会犯错。更重要的是,在这些故事中,有罪之神往往干涉人类的事务,并制造了诸多麻烦。柏拉图认为,人类的苦难若由上天或命运注定,会阻碍个人责任感的发展。

彼时,希腊学生按要求背诵经典作家的作品,且投入感情，以进入文章段落和所描绘人物的精神世界。柏拉图则指出，养成从不道德、不公正或无望之徒的角度去谈论问题的习惯并无益处，因为教育的目的在于灌输美德与自我控制。身份本就是脆弱之物，极易导向歧途，而虚构作品又将人类糟糕的行为模式展现在那些无力抗拒之辈面前。对于这些不道德的内容，柏拉图建议删除《奥德赛》（*Odyssey*）和《伊利亚特》（*Iliad*）的部分章节——不过，删除的对象并非我们今天框定的涉及性与暴力的内容。最让他不悦的是那些关于阴间的文字，它们描绘出一个充满悲伤的世界，失去个性的灵魂在黑暗中盲目飘荡。他质问：这样的形象，如何能给予人们面对死亡的勇气？

换句话说，柏拉图关注价值判断胜于写作质量。他很少谈及如何比较具体作品，对作者的个人生活更是毫无兴趣。在他看来，艺术威胁到了良好公民与理想城邦的塑造，故而应将其驱逐于乌托邦之外。

知识链接：

柏拉图（公元前428—公元前347），古希腊哲学家。在其师苏格拉底被处死后曾一度离开雅典，数年后回归并创立了自己的学园。其思想以对话形式记录，主要涉及伦理和政治问题，话题从世界结构到情感本质包罗万象。

关于柏拉图的脚注

柏拉图给西方文化带来了不可复制的影响。他关于虚构作品没有价值并会产生不道德影响的观点,令作家与批评家一再陷入被动。其中一部分人觉察到了自我辩护的必要,如菲利普·锡德尼(Philip Sidney)和珀西·比希·雪莱(Percy Bysshe Shelley),他们在为诗歌辩护时选择了柏拉图所划定的道德阵地,同时也推翻了柏拉图的价值判断。

在反击柏拉图主义之战中,锡德尼以彼之矛攻彼之盾,坚称诗歌的创造超越了我们所知晓的沉闷现实,进而触及理念本身;而唯有虚构作品才能描绘出一个金色的世界,英雄主义及德行典范皆在作家笔下。

雪莱则更为激进,他视诗人为最高原则的守护者,所谓"the unacknowledged legislators of the world"(不为世人所承认的世界立法者)。[1]

马修·阿诺德(Matthew Arnold)又提出:文学应当填补宗教的空白,最终恰恰回归到柏拉图最初提出的传统希腊理式。作为一名督学,阿诺德迫切渴望在

---

[1] 相关论点参见雪莱《为诗辩护》(*A Defence of Poetry*),收录于 Percy Bysshe Shelley, *The Major Works*, eds. Zachary Leader and Michael O'Neill (Oxford: Oxford University Press, 2003), pp. 674–701, esp. p. 701。

课程中加入诗歌诵读,这与柏拉图的主张背道而驰。"孩子在成长过程中,"阿诺德在 1882 年的报告里写道,"很容易就能全身心投入诗歌的世界。这一创造性活动的练习极易生根发芽,与学习拼写单词所需的努力截然不同。"[1]

知识链接:

菲利普·锡德尼(1554—1586),英国诗人、批评家。代表作有散文体传奇《阿卡迪亚》(*Arcadia*)以及十四行组诗《爱星者和星星》(*Astrophil and Stella*),后者影响了莎士比亚的十四行诗创作。1585 年在荷兰战争中负伤,不久去世。其文论《诗辩》(*The Defence of Poetry*),又称《为诗一辩》(*An Apology for Poetry*),直至 1595 年方才出版。

珀西·比希·雪莱(1792—1822),英国浪漫主义诗人。代表作包括为约翰·济慈(John Keats)所作挽歌《阿童尼》(*Adonais*)以及诗剧《钦契》(*The Cenci*)和《解放了的普罗米修斯》(*Prometheus Unbound*)。写于 1821 年的文论《为诗辩护》(*A Defence of Poetry*)直至 1840 年方才出版。

马修·阿诺德(1822—1888),英国诗人、批评家。其 1869 年的论著《文化与无政府状态》(*Culture*

---

[1] 参见 Matthew Arnold, *Reports on Elementary Schools* (London: Macmillan, 1908), pp. 228-229。

and Anarchy）最广为人知，至今仍影响着人们对批评与教育的态度。

亚里士多德的反驳

一切终将到来。

第一个恢复诗歌道德价值的西方思想家是亚里士多德，他本人在柏拉图学园（Plato's Academy）度过了二十载。或许他正是在柏拉图的著作《理想国》（*The Republic*）中觅得了线索，即承认戏剧和诗歌能带来快乐，荷马史诗尤甚。柏拉图坦言，倘若虚构作品能在运转良好的社会中占得一席之地，他的理想国会欢迎它回归其中。亚里士多德则认为，虚构作品值得拥有这一席位，原因与其受柏拉图驱逐之由相类。

柏拉图在其艺术论的最后指出，虚构作品，尤其是戏剧，给学生和成人都带来了不良影响。凡人皆屈从于情感，而柏拉图认为，文明应趋近于源自自律的理性。相比之下，虚构作品则围绕非理性展开，聚焦于心理的不稳定性，将浓烈的痛苦与极致的悲愤表现出来。希腊悲剧对后世的影响印证了这一观点。国家失序、家庭不和、乱伦甚至弑夫杀子……种种耸动的故事推动着情节发展。这些戏剧之所以如此卓越，正是因为它们真实描绘出了这些经历背后的情感。简略、集中、激烈的希腊戏剧,至今仍能让观众紧张着迷,这一点已为其诸多现代化演绎所证明。在柏拉图看来,虚构作品代表着非理性,进而让自我失控成为寻常,甚至鼓励公民相信纵情声色是自然而无谬处的。(当今文学作品中涉及性与暴力的段落,也常常引发类似的讨论:那些对于强暴以及酷刑的描述,是否会让读者日后对其见怪不怪?)

索福克勒斯(Sophocles)笔下的厄勒克特拉(Electra),由克里斯汀·斯科特·托马斯(Kristin Scott Thomas)于2015年扮演[1]

---

[1] 图片版权所有:Johan Persson/ArenaPAL。

亚里士多德对柏拉图的分析并无异议，但不认可其结论。在他看来，戏剧化不无裨益。悲剧的作用，恰恰是让观众产生怜悯和恐惧。作者的这种特殊天赋（或许还带着几分疯狂）可以使强烈的情绪得到复制，并在观众中唤起相应的情感。通过这种方式，悲剧实现了此类情感的宣泄（catharsis）。

关于"宣泄"的定义，相关争论从未偃旗息鼓。亚里士多德的著作《诗学》（*Poetics*）——其实这算不上一本完整的专著，辞藻亦不考究，读起来更像是课堂讲稿，尽管声称会综述当下诸种体裁，但最终止步于史诗与悲剧——对宣泄也并无详论，好似人人都明了其真谛，并理所当然地认为这就是悲剧的效果，又好像亚里士多德自己已下过定义，却遗漏在文本外。这一术语可译为"清洗"（purging）或"净化"（purification），我们不妨借助物理意义上的类比来理解。而正如我们所知，亚里士多德认为悲剧能激发情感，令其在适当的环境下安全释放。

源自宗教仪式的希腊戏剧表演，同样也得到了公众与社会的认可。一年一度的节庆中，各出好戏轮番上演，剧作家竞相角逐评审团授予的奖项。露天的圆形剧场里全天演出不断，在座观众成千上万。

那么，亚里士多德是否重现了这一共识：那些从属于个人或集体的激情，于此得到了释放或平息，并于社会有益？

知识链接：

亚里士多德（公元前384—公元前322），古希腊哲学家。曾为亚历山大大帝担任导师，后来回到雅典，创办了自己的哲学学校——吕克昂学园（the Lyceum）。著作范围宽广，涉及逻辑学、伦理学、物理学、形而上学、修辞学和诗学。

规则之变

关于虚构作品的价值，柏拉图和亚里士多德的见解完全不同。但很显然，这群希腊思想家谈论的大多为个别戏剧，这使得为具体作品排序渐成规范，而形式规则正是其评判标准。如果演员与观众、书页与读者之间的物理空间，能令虚构作品维持在可控范围，那么写作的惯例也同样有此功效。不同类型的文本模式各不相同，其规则越清晰，带给人的安全感就越高。世态喜剧往往默认应循规蹈矩，甚至直接沿用模板，就如《不可儿戏》（*The Importance of Being Earnest*）里的普礼慎小姐那样：好结局是幸福的，坏结局是不幸的，而"这就是虚构作品的意义"。浪漫爱情如期走向婚姻，侦探小说里凶手获得惩罚，枪手肃清小镇后离开……这些可预测的结局，令人心安。

一旦这些规则变为定式，作品的鲜明特征就往往会落入批评家的视线盲区。亚里士多德正是热衷于形式规律的分析,其《诗学》奠定了悲剧和史诗的诸种惯例。但评价的欲望,极易淹没分析本身。这些规则在反复言说中不断得到自我巩固,渐成评判之尺,并被后代批评家铭记于心,进而发扬升华。亚里士多德在谈到史诗与戏剧不同之处时曾举过一个例子,即戏剧内容通常被限制在二十四小时之内。对于法国古典戏剧而言,这是"三一律"(Three Unities)的必要条件:一场名副其实的悲剧,应呈现一天之内一个地方发生的一件事。按照这个标准,莎士比亚的戏剧堪称粗野低级。

换句话说,评价标准是会变化的。亚里士多德还指出,最能打动观众的主角既非圣人,亦非恶棍,而是会犯错的普通人。我们至今仍在努力摆脱一种倾向,即为那些带有惩罚意味的结局证罪,并以诗意的正义来解读重要人物之死,冠之以"悲剧性缺陷"(tragic flaw)之名。我从小就相信,马尔菲公爵夫人被其兄弟下令谋杀,是因为这位年轻的寡妇居然选择了再婚,她一定是罪有应得。而各类书籍至今仍为哈姆雷特的性格弱点议论不休,完全忽略了主人公所处困境的模糊性:一个好人,受来路不明的鬼魂怂恿,重复着其叔父被指控的弑君的罪行。

悲剧之间的比较难于公平,因其作为评判标准的规则往往并不可靠。在实践中,令人习以为常的规则因文化不同各有变异,而不同风格下也或多或少容纳着同类惯例。与此同时，在我们这个时代，现代主义已然宣告：当可预测性开始扼杀新意时，对传统定式的挑战就会变得振奋人心甚至势在必行。另一方面，没有哪一类型的创作是毫无约束的。即使是安托南·阿尔托（Antonin Artaud）那以蔑视传统著称的"残酷戏剧"（Theatre of Cruelty），尽管它邀请观众参与并着力刺激其感官，但也没有演化至令他们遭受实际暴力的无秩序之境。

理解规则，有助于批评家观察比较；如对其过分坚持，则反而会掩盖这一切。那种试图轻易下判断的习气，将促使标准走向僵化。在亚里士多德的时代，批评已然发展成形，而亚里士多德认为自己的工作是评估和削减其严格性。他告诉我们，批评家惯于从五个方面寻找错误：绝对不可能的、不太可能的、堕落的、矛盾的以及含有技术性错误的。其中大多与现实相悖。对于那些不太可能或不够准确的内容，亚里士多德相当宽容；堕落自然是不能容忍的，但对堕落的描述往往不可避免，如果确实为整个情节服务，倒也可以被允许。

道德似乎已不是评判的唯一标准。"虚构作品应该是什么样的"这一精确定义，应与它本身是什么相关。亚里士多德并不排斥为"最佳悲剧"下定义，他本人更是荷马的捍卫者，但他同时也指出，固守已有标准可能会有损于批评的解读。与此同时，除了用作者姓名区分作品外，并无其他迹象表明亚里士多德对具体作者感兴趣。

后来者同样热衷于为评价制定新标准，其中不乏颇具影响力之辈。罗马诗人贺拉斯（Horace）对后代影响深远，这种影响可能是潜移默化的，甚至不为受影响者自己所察觉。很多人尽管未曾读过其著作《诗艺》(*The Art of Poetry*)[1]，但都知道他建议作家从中段开始（in medias res）讲述故事，并避免依靠超自然之力解决情节问题。贺拉斯肯定了当下广为流传的观点，即虚构作品应通过快感予人以教导和启发。他也赞同亚里士多德的观点，认为诗歌应影响读者，营造相应的情感。他给作家提出的建议放到任何时代都平易适用：不要自不量力；避免华而不实；勤于编辑加工作品。

从贺拉斯的评价标准中，我们可以看到时代的变迁以及文化的相对性。拉丁诗歌不同的诗体韵律各异，贺拉斯对此颇有研究——不过，这对现代诗人来说并没有什么意义。贺拉斯主张剧作家从生活中汲取灵感，但这也意味着要重蹈传统的覆辙：儿童就该变化莫测；年轻人应该充满理想主义，又有点不靠谱；老人则应沉溺于缅怀旧时光，并抱怨青年意气。虽然此类典型

---

1 又称《写给皮索父子的信》（*Epistle to the Pisos*）。参见 Horace, *Satires and Epistles* (Oxford: Oxford University Press, 2011), pp. 106-118。

在今天很容易辨认，并在闹剧中起到了举足轻重的作用，但个人主义倾向会让我们更期待角色的复杂化。事实上，我们还可能会根据作者突破这些刻板印象的能力，对其做出褒贬评判。彼时之珍宝，在今日也许已为糟粕。

因此，评价标准不仅具有个体性，也具有相对性。关于虚构作品应该是什么样的，就如规则本身，在文化上并无定数，它们都属于惯例。亚历山大·蒲柏（Alexander Pope）的《论批评》（*Essay on Criticism*）笔法犀利精巧，这在很大程度上沿袭自贺拉斯，但蒲柏的不同之处在于：他明确地向批评家（而非作家）提供建议。

蒲柏指出，批评已成为一种生活方式，每个人都时刻准备着陈说一己之见。那么，他们应当从自己评判的作品中寻找些什么呢？蒲柏在向亚里士多德致敬的同时，也对这些规则感到十分矛盾，以至于我们很容易忽略这部双韵体（couplet）诗作里关于法国与英国风格的比较。他称法国人颇具奴性，惯于接受绝对专制，故而服从于规则；而"勇敢的英国人"是自由的坚定捍卫者，因此仍未被征服，也可以说是"未经开化的"。

在蒲柏看来，评价的真正标准是自然（nature），而上述种种惯例则是经过修饰的自然。这一点需要拆解开来看。如果藐视规则就等于"未经开化"，那么自然又如何成为理想呢？蒲柏认为，自然是宇宙中的创造力，其秩序能生成美、和谐与平衡，写作则应致力于模仿自然，遵循几个世纪以来建立的成功的写作秩序。但即便如此，规则毕竟常常被作家中的佼佼者打破，而那些对反惯例行为吹毛求疵的批评家，则很有可能对此一叶障目。

蒲柏创作的双韵体是那么完美，蒲柏宣扬的价值观是那么令人信服，于是，我们很容易就忽略了我们与他在虚构作品概念理解上的分歧。在18世纪的秩序和平衡中，我们寻找挑战和惊喜。21世纪的作家，可能不像蒲柏那样热衷于"what oft was thought, but ne'er so well expressed"（前人常常想到，往往表达不好）之句。当然，这取决于我们如何理解这句格言。它是否指向了这样一种观点，即虚构作品塑造了一种深刻而难以言传的体验？诗中并无此暗示。那么，蒲柏是反过来要求虚构作品以华丽之风来陈述司空见惯之事吗？我看也不尽然。他所认可的，应是有如人性中那些共同本质一样，被系统化地命名、表述和感知，看上去必然而自然。

知识链接：

贺拉斯（公元前65—公元8[1]），古罗马诗人、批

---

[1] 译者按：关于贺拉斯卒年，原书为公元8年，而部分文献显示为公元前8年。

评家，深受奥古斯都恩宠。其创作以颂歌、讽刺诗和书信体诗文为主，围绕生活哲理展开。文论代表作《诗艺》（*The Art of Poetry*）约诞生于公元前17年。

亚历山大·蒲柏（1688—1744），英国诗人、讽刺作家和批评家，以讽刺诗《夺发记》（*The Rape of the Lock*）和哲理诗《人论》（*An Essay on Man*）、《群愚史诗》（*The Dunciad*）而闻名，旨在揭露当时社会文化之弊端。

我们的标准

我们当下所面对的世界，与蒲柏之间相隔着鸿沟。如今，个性与文化差异、价值观的多样性都对我们的思想影响深远，因此，所谓的共有人性只剩下一些可归结为陈词滥调的东西。饱受赞誉的虚构作品往往将分歧引入冲突之中，却并未试图调和一二。

我提出这一观点，是否又是在制定新的规则，好让批评家对这个时代不符合规则的作品大肆抨击？但愿不会，不过依然有此嫌疑。规则往往是十分诱人的，对批评家尤甚，因为它能将我们的个人偏好合理化。而且，当这些规则不被公开（人们默认它是如此显而易见，以至于不必冠以规则之名）时，它们会显得更有说服力。其中一个假设是，虚构作品应与生活完全一致。"我不相信""我不吃这套"——即便是专业的批评家,也难免会用这样的言论去谴责某部作品。

对此,我有两点困惑。首先,如果我们想要的只是生活,那么生活本身就已足够,为什么在虚构作品中也需要生活?其次,历代虚构作品已展示了现实主义之外的各种可能性:神话、寓言、传奇、幻想、讽刺……它们囊括了诸多值得一读、令人喜爱的内容,并不限于琐碎的生活。从《奥德赛》(*Odyssey*)、《伊索寓言》(*Aesop's Fables*)到《天路历程》(*The Pilgrim's Progress*)、《项迪传》(*Tristram Shandy*)、《格列佛游记》(*Gulliver's Travels*)、《古舟子咏》("The Rime of the Ancient Mariner")、《弗兰肯斯坦》(*Frankenstein*),更不用说《失乐园》(*Paradise Lost*)、《等待戈多》(*Waiting for Godot*)……虽然没有重现日常生活,但它们仍是文学史上绕不开的伟大作品。毫无疑问,令人欲罢不能的现实主义作品也有很多,如《战争与和平》(*War and Peace*)、《米德尔马契》(*Middlemarch*)——前者可能更易理解。肥皂剧与程式化的流行小说营造的错觉是:一些看似合理的事件正在我们眼前发生。但是,简单易懂并不等于值得欣赏。如果我们惯于调用规则以证明已有的偏好,实际上对我们自己也不公平。

偏好是易变的。那么,认识到价值判断的相对性,是否就会清除偏好?毕竟每当我们选择阅读某本书或向朋友推荐某部电影时,其中都暗含着我们的评价。

然而，一旦意识到这种评价的临时性，我们的表述或选择就可能带有几分克制。如果我们让自己的评判受到规则的约束（不管那是显性的还是隐性的），又难免会错过其他的选择。承认并无绝对化或放诸四海皆准的标准，又有可能阻碍评价的制度化——而这正是学院派的主要诉求。正如我将在本书第三章中谈到的，文化领域将由此撕裂开来。

邓恩之妻

道德评价不尽相同，形式标准亦有所变化，但我方才提到的传统批评中，并无一篇对作者的生活表现出兴趣，似乎只有蒲柏考虑到："完美的评判者会以与作者相当的精神去阅读每一部充满智慧的作品。"不过，与其说这是文学传记的一种发展，不如说是一种建议，建议读者去寻找作品的主题。蒲柏指出，如果我们懂得纵观全局而非只在意作者的个人意图，我们就是最为优秀的评判者。

然而，改变已悄然发生。1631 年，诗人、圣保罗大教堂主持牧师约翰·邓恩（John Donne）逝世，其好友亨利·沃顿（Henry Wotton）决定为其立传。但沃顿本人事务繁杂，计划迟迟未能启动。八年后，在邓恩的布道文即将结集出版之际，沃顿抱憾辞世。艾萨克·沃尔顿（Izaak Walton）受命于危难之间，仅用六周便为这本书撰写了一篇生动而又颇具可读性的传记式序言。

传记本是古代政治家的产物,而中世纪圣人的生活代表了美德与奉献的典范。偶尔,也有作家跻身于该等被褒扬之列。贺拉斯、特伦斯(Terence)和卢坎(Lucan)的只言片语,在苏埃托尼乌斯(Suetonius)笔下得以留存。维吉尔(Virgil)的一生,则被4世纪的罗马文法学家埃利乌斯·多纳图斯(Aelius Donatus)记录了下来。1573年,维吉尔的代表作《埃涅阿斯纪》(*Aeneid*)之英译本出版,多纳图斯的传记被收录在序言材料中。这篇传记深具权威性,它详尽记录了诗人的生活背景、早熟的童年、引起奥古斯都注意的非凡品质,同时也对诗作有所评论。不过,它并未试图在其生平和作品之间建立一种解释性的关系。

创作常常让我们相信,生活中的一切都值得去了解。但事实上,无论是生活还是创作,都不被视为诠释对方的手段。乔万尼·薄伽丘(Giovanni Boccaccio)的薄薄一本《但丁传》(*Life of Dante*),以各种形式模仿了传统传记的范式。这部作品是对但丁的赞颂,是对佛罗伦萨拒但丁于千里之外的谴责,同时也是对本土诗歌的捍卫。薄伽丘记录了但丁的生平与个性,列举并褒扬其作品,然而却未将二者集成,或是试图彼此解释。

沃尔顿为邓恩书写的那篇传记序言在很多方面都

遵循了标准范式,但有一点与众不同:它提到,有一首诗可追溯到邓恩婚姻史上的一个特殊事件[1]。1611年,罗伯特·德鲁里爵士(Sir Robert Drury)邀请邓恩一同前往法国宫廷。据沃尔顿称,邓恩之妻安妮·邓恩(Anne Donne)当时正处于孕期,焦虑之情难以名状,但考虑到对罗伯特爵士的感激之情,她还是勉强应允邓恩前往。两周后,邓恩在巴黎看到一个状似安妮的幽灵两度穿过房间,披头散发,怀抱一死婴。邓恩即刻派信使前往伦敦,婴儿离世、安妮病重的消息随之传来。而邓恩动身前往巴黎之际,曾为他妻子写下诗篇《别离辞:莫悲伤》("A Valediction Forbidding Mourning")——沃尔顿引用了这首诗,认为它显然是为了安慰安妮。

现代的观点是,这首诗与这一事件之间的联系纯属臆测。关乎恋人别离的诗作再常见不过,即使邓恩的创作超越了体裁——实际上,其《歌与十四行诗》(*Songs and Sonnets*)中大多数作品都以各色方式打破了传统——也不足为证。沃尔顿本人也承认,这个故事源自第三方讲述,没有任何部分来自邓恩本人,故而无法证实其准确性。但是,沃尔顿完美展示了文学传记作家难以抵抗的那种诱惑,即发现一件生动的逸

---

[1] 参见 Izaak Walton, *Lives of John Donne, Sir Henry Wotton, Richard Hooker, George Herbert and Robert Sanderson* (London: Falcon Educational Books, 1951), pp. 21-26。

事——无论其真假——与一篇文章的个人来历相关联。

但我发现真正的问题在于：这种关联一经建立，其产生的印象便难以磨灭。邓恩这首晦涩的诗以缺席与死亡之类比开端，直到末尾才提及回归。然而当我阅读它时，脑中却不自觉浮现一位怀孕的妻子的形象，她很痛苦，因为丈夫的旅程让她莫名恐惧，而这份恐惧最终噩梦成真。如此解读，不仅将诗禁锢于特定场合，消解了其中的朦胧感，还用一段"好故事"掩盖了动人的抒情。就像许多优秀传记一样，沃尔顿的这篇序言无意中与其解释的文本产生了冲突。如此，一部更为简单明了的作品出现，取代了我们正在阅读的作品，看似解决了其背后的谜题，但在这个过程中，被消减掉的还有那原本吸引你我的陌生感。

知识链接：

苏埃托尼乌斯（69—122），罗马传记作家，代表作为《罗马十二帝王传》（*The Twelve Caesars*）。

乔万尼·薄伽丘（1313—1375），意大利诗人、学者，以《十日谈》（*The Decameron*）闻名于世，乔叟（Chaucer）、莎士比亚等都曾从中汲取创作素材。另一部代表作《但丁传》（*Life of Dante*）约诞生于14世纪50年代。

艾萨克·沃尔顿（1593—1683），英国商人、作家，代表作《钓客清话》（*The Compleat Angler*）。另

曾为亨利·沃顿、理查德·胡克（Richard Hooker）、乔治·赫伯特（George Herbert）和罗伯特·桑德森（Robert Sanderson）撰写传记。

达·芬奇之母

在视觉艺术领域，也出现了惊人的相似之处。西格蒙德·弗洛伊德（Sigmund Freud）找到了一种方法，来解释列奥纳多·达·芬奇（Leonardo da Vinci）名作《蒙娜丽莎》（*Mona Lisa*）那神秘的微笑。

沃尔顿为邓恩撰写的传记并未立即引发关于思想与创作之联系的大规模讨论，不过到了19世纪早期，浪漫主义运动已开始对此大肆宣扬，并认定作品源于作者的生活。如华兹华斯的长诗《序曲：一个诗人心灵的成长》（*The Prelude, or, Growth of a Poet's Mind*），其标题与副标题之拟定均出自华兹华斯的遗孀之手，是她——而非作者本人——将之定性为自传。但即便如此，两者还是都保留了下来。17世纪的弥尔顿将人类的堕落书写成诗歌，而华兹华斯的诗歌则是他个人与自然合一过后的沉沦。如果《序曲》可视为华兹华斯的自传，那么批评家对《安眠封印了我的灵魂》一诗做出传记性的解读也就不足为奇了。

一个世纪后的1910年，弗洛伊德出版了《达·芬奇的童年回忆》(*Leonardo da Vinci and a Memory of his Childhood*)[1]。当时人们普遍认为,传记应当致力于揭示创造力的成果。但精神分析学的主要关注点在于无意识(unconscious),这就意味着,对作品的解读不再基于创作者的意图或意识——相反,可能会揭示其意图之外的内容。弗洛伊德并非一位低劣的批评家,他捕捉到了蒙娜丽莎表情的含混不明,时而温柔,时而无情。他还引用了沃尔特·佩特(Walter Pater)之语,即在那"深不可测的微笑"中,所有既令人渴望又充满阴险的东西都奇妙地融为一体。那或诱人或神

蒙娜丽莎的神秘微笑[2]

---

1 参见 Sigmund Freud, *Art and Literature* (London: Penguin, 1985), pp. 143–231。其中关于微笑的讨论见 pp. 199–205。
2 图片版权所有:Dennis Hallinan/Alamy Stock Photo。

奇甚至带有几分魔力的特质，让这幅画作在它的时代脱颖而出。但是，由于达·芬奇其他画作里也有类似的微笑——诸如圣母、圣安妮与施洗者约翰的脸上，是更为平静而安详的笑容——精神分析学家便为自己安排了这样的任务：解释那独一无二的神秘微笑来自何处。

在诸多资料中，16世纪乔尔乔·瓦萨里（Giorgio Vasari）所述的达·芬奇生平得到了弗洛伊德的认可。由于所处时代相近，瓦萨里便于记录达·芬奇的各种信息，且高度赞扬其作品，但他并未试图将两者结合起来解释。瓦萨里认为，蒙娜丽莎的微笑"如此令人愉悦，是因为它看上去比全人类都神圣"。

然而弗洛伊德找到了另一种缘由，其线索就藏在达·芬奇之母身上。达·芬奇是非婚生之子，五岁左右离开了母亲，被带到父亲——律师皮耶罗·达·芬奇（Piero da Vinci）家中。受小说家梅雷日科夫斯基（Merezhkovsky）的启发，弗洛伊德按自己的理解还原了达·芬奇的童年：一位默默无闻的单身母亲，对孩子倾注了全部的爱，却也使这位无父之子深陷于俄狄浦斯式的恋母情结（Oedipus complex）中，而这份对母亲的渴望将伴其终生。换句话说，她的微笑虽然意味着无边的爱，但也预示着性的匮乏，尤其是在那个对同性恋嗤之以鼻的世界。根据弗洛伊德的理论，

52 达·芬奇正是要从《蒙娜丽莎》的模特（这是佛罗伦萨一位丝绸富商的妻子，其生平与达·芬奇的母亲一样鲜为人知）身上找回同样的微笑，还有那失落的欲望与恐惧。

53 如果说弗洛伊德是一位细腻的批评家，那么他更是一位讲故事的大师，同时还是夏洛克·福尔摩斯（Sherlock Holmes）的崇拜者——他为达·芬奇撰写的传记，是以侦探小说般的悬念渐次展开的。弗洛伊德坦言，其中大部分论述都是推测。对画作的解读，与所谓的作品来历如此紧密地结合在一起，令人们难以辨别究竟是生活解释了作品，还是作品创造了传记。弗洛伊德是从画的特征入手的，但为了解释这幅画中的微笑，他援引了一些无法为文献所证实的内容。神秘莫测的达·芬奇之母，在另一位神秘女人的画像中复活，并提供了解开谜团的钥匙。这一切，不正解释了那份神秘感的来源吗？

知识链接：

西格蒙德·弗洛伊德（1856—1939），奥地利心理学家，精神分析学派创始人。早年接受医学教育并担任医师，后赴巴黎跟随法国神经学家让·马丁·沙可（Jean-Martin Charcot）学习。其潜意识理论对诸多智力领域的工作影响深远。

"真实"与虚构

弗洛伊德为达·芬奇书写的传记,堪称心理传记领域的杰出之作。不过,虚构作品很快吸引到了新的注意。欧内斯特·琼斯(Ernest Jones),作为弗洛伊德的弟子之一,他在莎士比亚本人丧父及情伤的经历中,找到了哈姆雷特不愿杀死叔父克劳迪斯的根源。他引十四行诗为证,将之作为对事实的记载。

与弗洛伊德不同,琼斯对他的研究对象的早年生活只字未提。但在当下,心理学爱好者大有人在,他们随时准备挖掘作者童年的蛛丝马迹。其中,最为人称道的是查尔斯·狄更斯(Charles Dickens)与鞋油厂的故事。在狄更斯十二岁那年,其父因债务被关入马绍尔西监狱,狄更斯则被送至鞋油厂,靠给鞋油瓶子贴标签来增加家庭收入。这低微的工作让他无书可读,并为之耿耿于怀多年。这段故事被一遍遍地引用,以解释狄更斯小说中对阶级、不公、社会抱负等问题(当然,还有马绍尔西本身)的关注。

这就是传记批评的问题所在。事实是,生命可以是万物之源,也可以是虚无之始。在我看来,糟糕的童工经历并不能说明狄更斯作品的独特之处:郝薇香小姐的幻梦、匹克威克的大块头、图金霍恩的凶狠……都不能单凭此解释。同样,它也不能解释狄更斯那丰富生动的语言风格。往好的说,黑心的鞋油厂增加了其批判维多利亚社会的动力,这一点于小说本身不言而喻;往差的说,它至少也提供了一条回避之道,让我们不必强行将作品置于文学传统之中,与莎士比亚、菲尔丁(Fielding)、哥特式、童话等等关键词搭上关系。这些元素在狄更斯的想象中重组,并创造出不可思议的世界,其中充斥着滑稽、怪诞与可怖的人物。而所有这些仅存在于其文字之间,现实中绝无可能。

很多传记不过是高级八卦而已,其吸引力也大多与八卦绯闻无异。在我看来,这不仅分散了人们对作品的关注,甚至还有取而代之的风险。作者可能会将自身经历融入写作之中,这一点无须多言;但是,将作品与作者经历强行关联到一起,其中有太多的不确定性,也会剥离掉很多信息。此言并非出自我一人,事实上,许多作家都反对将作品简单等同于他们本人的生活故事。捷克作家米兰·昆德拉(Milan Kundera)就专门谈论过这个话题:

> 小说家拆毁了他生活中的房子,用它的砖造就另一座房子,即小说中的房子。由此可见,这些传记作家毁掉了小说家的作品,又新造了其被毁的作品。他们的劳动,从艺术的角度来看完全是负面的,既不能说明小说的价值,也不能说明

小说的意义。[1]

作为批评家,我们去寻找什么,直接关系到我们最终能找到什么。如果执意在作品背后寻找作者,我们肯定会发现并非作品本身的东西。相反,如果想要理解作品,就一定要去看——看作品本身,而不是环顾其他方向。

其他观点之一瞥

无论传统如何,总存在另一种选择。让我们回顾一下西方批评的起源。在我看来,柏拉图与亚里士多德对虚构作品的本质都有着重要的认识,二人都把各自认为的道德风险与裨益暂时并置在一起,并认为虚构作品表现或复制了强烈的情感,包括欲望、恐惧、悲伤、复仇……诸种我们通常认为私人的、亲密的、内在的情感。即便面对自己,这些情感似乎都显得难以启齿,也没有词汇能恰如其分地将之表达出来。虚构作品展示残忍、仇恨与爱,但并不意味着对它们的赞同,就像莎士比亚本人不会赞同葛洛斯特失明和苔丝狄蒙娜被杀害一样。在此过程中,人性的缺失是否属于常态,要取决于它是如何被描述的。

---

1 参见 Milan Kundera, *The Art of the Novel* (London: Faber and Faber, 2005), p. 146。

虽然不一定包含道德判断，但虚构作品的独特之处在于，它揭示或者说呈现了我们纵使承认却也难以用语言描述的精神状态。正如《安眠封印了我的灵魂》中那种无可名状的情形，虚构作品有望使之落地。在这方面，它解决了其他形式无法企及的问题——只有后来的精神分析学才能与之相较，而后者的专业术语往往拉开了与读者的距离，并不承载情感本身。

虚构作品本身无所不用其极地传递情感，但仅停留在虚构层面。也就是说，它总以想象之产物的形式出现，而非事实。这个过程又将情感隔离了开来，避免人们与可能无法忍受的事物正面交锋。尽管观剧者可能会怅然若失、紧张不安甚至泪流满面，但总的来说，他们并没有跳上舞台，制止那里正在上演的暴行。同样，阅读虚构作品也往往不会导致创伤后应激障碍（post-traumatic stress disorder）。无论幻觉多么逼真，也终究是幻觉。

快感

与柏拉图一样，亚里士多德也谈到了快感（pleasure），并且不再将之仅仅视作令人难以接受的道德的面具。更为神奇的是，虚构作品的形式甚至可以将可怖的经历转为愉悦。亚里士多德在给悲剧下定义时，提到了令人感到愉悦的情节与语言形式。诗歌的节奏感、隐喻的创造性、结构的经济性，还有聪慧与机智……所有这些都能使紧张感加剧，矛盾的是，同时也产生快感。在不减损怜悯之心的同时，形式亦能改变苦难的面貌。

弗里德里希·尼采（Friedrich Nietzsche）在《悲剧的诞生》（*The Birth of Tragedy*）中曾表达过与此类似但更为先锋的观点。该书指出，在希腊戏剧中，属于酒神（Dionysian）本能生命的力量与日神（Apollonian）艺术的梦幻之境相互作用，创造出了减轻绝望的作品。形式之魔力，让观剧者对痛苦和荒诞的厌恶终与生活相容，而与苦难同名的悲剧，同样能使之缓和。[1] 这本充满生命力的著作尚有诸多令人困惑和引发争议之处——事实上，尼采本人后来也否定了其中一些观点——但它确实提供了另一种解释，解释悲伤何以能引发快感。

也许正是受尼采影响，雅克·拉康（Jacques Lacan）建立了自己的文化理论[2]，不过这是另一个话题了。

在此，我建议我们可以跟踪观察，在被纳入中学与大学课程后，批评对塑造年轻人起到了什么样的作用。

---

[1] 参见 Friedrich Nietzsche, *The Birth of Tragedy* (London: Penguin, 2003), p. 40。

[2] 详见拙著 *Culture and the Real* (London: Routledge, 2005)。

知识链接：

弗里德里希·尼采（1844—1900），德国哲学家。二十四岁起担任巴塞尔大学古典语言学教授。其写作风格独特，观点激进，对传统西方哲学提出了巨大挑战。代表作《悲剧的诞生》出版于1872年。

三 学科的形成

学校故事

自英文教学进入课堂伊始,它便有意无意地印证着传统批评的三大要点:其一,以价值判断为基础;其二,好的文学作品能够为人们带来道德上的提升;其三,它们均源自作者的思想。同时,这门学科的出现也让我们有了更多、更有效的方法来认识批评家的角色。

英文直至近现代才成为一门独立的学校课程,而文学批评在教育史上更是新生物。一切可追溯至16世纪。当时,都铎王朝的语言学校开设了语法课程,但教授的不是英文,而是拉丁文。当时的教育十分严苛:七岁以前,孩子在家中跟随家庭小学的老师学习字母,之后女孩继续在家接受教育,而有能力的父母则会把男孩送到语言学校,直至他们年满十四岁。在那里,男孩们整天学习拉丁文与英文之间的互译,还要背诵大量文章。当年被本·琼森评价为对拉丁文"略知一二"的莎士比亚,在今天看来绝对是个拉丁文高手。

这种模式一度遭遇瓶颈。为此,官方在入学年龄方面做出了让步。供学生阅读的文本有拉丁文版本的《伊索寓言》、奥维德(Ovid)的《变形记》(*Metamorphoses*)以及维吉尔的《埃涅阿斯纪》。其中《埃涅阿斯纪》包含了丰富的元素:英勇的武士、特洛伊木马、忠诚、爱情、性、阴间……莎士比亚从这段教育经历中汲取的养分，不仅体现在其剧作的情节中，还反映在其对语言的运用上：骑在海豚背上的阿里翁形象源于《伊索寓言》；普洛斯彼罗对魔法的放弃（象征莎士比亚对戏剧舞台的告别）模仿自奥维德；此外，维吉尔笔下为爱痴狂的狄多屡屡出现在莎士比亚的作品中，如《泰特斯·安德洛尼克斯》(*Titus Andronicus*)、《亨利六世》(*2 Henry VI*)、《罗密欧与朱丽叶》(*Romeo and Juliet*)、《威尼斯商人》(*The Merchant of Venice*)、《哈姆雷特》(*Hamlet*)、《安东尼与克莉奥佩特拉》(*Antony and Cleopatra*)以及《暴风雨》(*The Tempest*)——尽管也有可能是间接受到克里斯托弗·马洛（Christopher Marlowe）的戏剧《迦太基女王狄多》(*Dido, Queen of Carthage*)的影响，但这也从侧面证明了维吉尔作品的影响力。

挑选这些作品，是为了让学生学习纯正经典的拉丁文以及被罗马作家奉为圭臬的修辞技巧。典范式的文才是挑选作品的一大标准。学生不仅要学习如何讲故事，还要学会如何运用修辞手法和句式使自己的文章更有说服力。对他们而言，此时阅读的目的是模仿，而非批评。

长期来看，莎士比亚的确充分发挥了他在学校学到的知识，不过真正让他脱颖而出并名垂千古的还是他的英文造诣。彼时的欧洲，经典古语逐渐式微，以本国语言写作成为新兴趋势，作家开始各自挖掘自己国家的文学宝藏：乔叟的诗歌在诞生两个世纪后重获瞩目，被埃德蒙·斯宾塞（Edmund Spenser）称为"纯净的英国之井"；莎士比亚的《特洛伊罗斯与克瑞西达》（*Troilus and Cressida*）取材于乔叟的同名作品，《仲夏夜之梦》（*A Midsummer Night's Dream*）则借鉴了乔叟的《骑士的故事》（*Knight's Tale*）——此后约翰·弗莱彻（John Fletcher）又改编了这一故事，创作了戏剧《两贵亲》（*Two Noble Kinsmen*）。

尽管莎士比亚关于英文文学的渊博知识并不全然归功于学校教育，但无论如何，随着时间流逝，英文写作范文已逐渐进入学校课程。如果读写能力是体面的象征，那么风格和判断力则是素养的标志。18世纪，维塞斯莫·诺克斯（Vicesimus Knox）曾昭告他的读者："英文应成为英国绅士教育的一部分。"这位备受世人尊重的教育家还写道："如果商人要享受他们挣来的钱，他们就应拥有丰富的思想和良好的品味。"但那时，英文还是位居拉丁文之下。男孩们要先完成希腊和罗马经典著作的学习，才能学习英文的遣词造句，此时他们已约莫十三岁——也许，正是为了让他们此后不会因为语法或拼写上的错误而蒙羞。在适当的时候，他们会被鼓励去模仿诸如莎士比亚、弥尔顿、蒲柏和艾迪生（Addison）这样的作家，并充分考虑他们各自风格的优势与缺陷。这一时期也出现了专为课堂阅读而设计的书籍，包括供学生模仿的美文选编。诺克斯自己编纂的选集里就收录了哈姆雷特召人演示父王被杀过程以及布鲁特斯在市场向罗马人演讲这两个片段。

工业革命后，制造业和商业的发展造就大量职员、簿记员和开票员岗位，对教育提出了新的要求。随之，英文经典作品逐渐进入小学课堂。此时课程的主要目标依然与批评无关，而是重在培养读写能力，又渐渐演变成作文教学。

在弗罗拉·汤普森（Flora Thompson）所著小说《雀起乡到烛镇》（*Lark Rise To Candleford*）中，课堂上的孩子们被要求轮流朗读一本名为《皇家读者》（*Royal Reader*）的读物，书里包含许多经典作品的节选，如沃尔特·司各特（Walter Scott）、费尼莫尔·库柏（Fenimore Cooper）、华盛顿·欧文（Washington Irving）的小说，以及《年轻的洛奇夫》（"Young Lochinvar"）、《小溪》（"The Brook"）和《奏响疯狂的铃声》（"Ring Out, Wild Bells"），而小说中作者的替身——劳拉，对它们已烂熟于心。学校的诵读传统潜移默化地塑造其对文学的热爱，而她也在这种影响下最终成长为一位畅销书作家。

当时，语法被公认为写作的基础，因此对作品的讨论也主要集中在语法上。1877年至1888年，约克郡十岁的小学生米妮·布尔默（Minnie Bulmer）被要求抄写华兹华斯的诗歌《我们七个》,在抄写文字的下方还附有她的分析:"a simple child"(一个纯洁的孩子)是主语,"draws"(吸)是谓语,"its breath"(气息)是宾语,"that lightly"(轻轻地)则为补充成分。接着,她又用同样的方法分析了下一句以及剩下的两行半。她的作业得到九分的成绩(满分十分)。由此学会的技能又让她写了一篇作文,讲述的是一个人因为进谏而被正直的国王予以赏赐的故事。

英文教学的既定目标,使阅读渐渐退化为一种消遣。[1] 虽然有像马修·阿诺德督学这样的有志人士提倡改革,但那时的义务教育还是更多关注写作的"3R原则"[2]。1763年,普鲁士开始强制要求儿童上学;1852年,美国的马萨诸塞州也制定了同样的要求;苏格兰则在1872年通过教育法案强制实施义务教育;到了1880年,英格兰和威尔士也加入了强制义务教育的阵营。而那时,虚构作品的职责还仅仅是促进阅读和写作。

直至20世纪,书本上才开始正式出现可以被称为"批评"的内容。第一次世界大战后,课程内容迎来新

---

1 维多利亚时期的教育政策,参见 Anne Digby and Peter Searby, *Children, School and Society in Nineteenth Century England* (London: Macmillan, 1981)。
2 译者按:"3R原则"即 rehearsal(预习)、recitation(背诵)、revision(温习)。

爱德华·拉姆森·亨利（Edward Lamson Henry）1890年所作《乡村教室》（A Country School room），描绘了阅读课的场景[1]

一轮审查。英国政府设立了一系列委员会来对教学内容进行推荐和指导，其中自然包括英文的教学。负责人为亨利·纽波特（Henry Newbolt），其著名警句"加油，加油，打好比赛"于英国私立学校的运动场上提前宣告了战争的胜利。1921年，由其主持的《纽波特报告》（Newbolt Report）[2] 因宣扬"更好的英文教育有助于消除阶级分歧"的理念而广受抨击。教材审核委员会成员们的目的，究竟是让民众更公平地接受文化教育，还是依靠传播正统价值观以预防社会动乱？

---

1 图源：耶鲁大学美术馆。
2 参见 http://www.educationengland.org.uk/documents/newbolt/newbolt1921.html。

这一点有待考证。毕竟，1917年俄国十月革命离我们今天也并不算遥远。或许人文理想与时事政治注定是紧密相连的，比如文盲比例至今仍与犯罪率密切相关。不管怎样，《纽波特报告》指出：所有儿童都应接受本国的语言和文化教育。到今天，英文比拉丁文更重要，已是毋庸置疑。此外，英文教育还应该包括品味的教育，也即提高学生欣赏优秀作品的能力。英文教师的任务"首先是教学生清晰、正确、有说服力地写作，其次则是培养学生对文学的热爱"。

历史总是惊人的相似。2014年，英国政府颁布的教学大纲[1]提出了同样的英文教育目标，其重要性排序与上个世纪完全一致。该大纲称："英文教学的首要目的是要让学生熟练掌握口头和书面语言，进而提升读写能力。"此外，还应"让学生通过广泛的阅读获得乐趣，从而培养对文学的热爱"。全国小学生法定课程标准强调了阅读理解、词汇以及语法结构意识的重要性，同时也鼓励学生思考作品的情节和风格，因为这些技能都可以应用到学生自己的写作当中。

品味

文学欣赏，必然包含着选择。值得一提的是，

---

[1] 参见 https://www.gov.uk/government/publications/nationalcurriculum-inengland-english-programmes-of-study。

1921年的《纽波特报告》肯定了虚构作品在培养儿童阅读兴趣方面的作用。它声称,一旦孩子们爱上书本,教师就有机会把他们的注意力从无聊或恐怖中转移出来,进而转向那些有益健康的内容。但总体来看,由于虚构作品主要旨在为学生提供写作风格和修辞上的借鉴,因此还是需要精挑细选。马修·阿诺德曾经对学生读物中质量低下的诗歌提出严厉批评,并直言孩子们理应有更好的选择。实际上,他们应该阅读世界上最好的文学作品,如托马斯·格雷(Thomas Gray)的《墓园挽歌》("Elegy Written in a Country Churchyard"),或莎士比亚的作品节选。

于是,我们又回到了价值判断这个话题上。我们当然应该让孩子们阅读优秀范文,毕竟模仿那些劣质文笔是毫无意义的。那么,有权力决定孩子们读哪些书的人就必须为他们挑选最好的作品。而这些名作的地位,则会因为教材的编排而得到反复巩固。

我们也许会认为这无关紧要,毕竟作品是经得起时间考验的。但实际却没这么简单。启蒙运动推崇莎士比亚,但认为他缺乏规范,需要被改写以符合新的要求。后来,这些被改写的作品逐渐得以恢复原貌,教材中一面是莎士比亚以中流砥柱之姿屹立不倒,一面是各类作品更迭不断。到了18世纪,诺克斯又把弥尔顿、蒲柏和艾迪生的作品加入教材。一个世纪以后,艾迪生的作品不再被收录,取而代之的是狄更斯的作品。1921年伦敦郡议会公布了广受小学生欢迎的读物清单，其中包括童话故事和寓言，莎士比亚、乔叟和斯宾塞的故事，《鲁滨孙漂流记》（*Robinson Crusoe*）、《格列佛游记》以及狄更斯的诸多作品，尤其是与儿童有关的作品。斯科特的《艾凡赫》（*Ivanhoe*）也一度畅销。但好景不长，司各特与斯宾塞很快双双出局。受到T. S. 艾略特（T. S. Eliot）的影响，玄学派诗歌（metaphysical poetry）与詹姆斯一世时期的戏剧开始收获青睐。艾略特、F. R. 利维斯（F. R. Leavis）以及同时期活跃的诗人们，一起终结了属于弥尔顿的时代——如今在大学之外，你几乎找不到弥尔顿的读者，而大学校园里读弥尔顿的人其实也不多了。

潮流之变固然有其历史原因，但也让我们不得不对文学经典的永恒性心生怀疑。学校的教学极易让学生们产生这样一种想法，即只有两种文学作品：有价值的作品，还有其他——你可以称其为"味同嚼蜡"或"哗众取宠"之作。尽管学习文学的目的不是批评，尽管孩子们很少有机会实践它，但即使有了机会，也会由那些无形的权威替他们决定哪些作品该读。如此，即便出于好意，虚构作品也将为一代当权者的喜好所割裂。一方面，这些书在当时被称为"文学"；另一方面，一时流行之物往往难逃短命的结局。

换句话说，品味也是可以被传授的。适用于儿童的教育也许同样适用于成年人，尤其是那些有抱负的中产阶级人士。在这方面，学术机构内部的分化起到了一定作用。1662年颁布的《统一法案》（Act of Uniformity）将所有不信奉国教者驱逐出牛津与剑桥校园，这批人就此建立了自己的教育机构，比传统大学更为进步、严格。熟悉知名作家，是彼时社会成功的基础。与此同时，《联合法案》（Act of Union）于1707年颁布，促进了英格兰与苏格兰地区的知识、贸易交流，也在苏格兰掀起了一阵"英格兰作家热"。18世纪中叶的爱丁堡，经济学家亚当·斯密（Adam Smith）则在演讲中将爱尔兰的乔纳森·斯威夫特（Jonathan Swift）列举为文笔清晰、结构完整的楷模。爱丁堡大学于1762年任命了首位修辞学与纯文学教授，这位教授在众多作家中挑选了斯威夫特、艾迪生、莎士比亚和弥尔顿等人，作为品味和雄辩的典范。

此外，当时文学和哲学学会还为大众开办了一些公益讲座，批评家柯勒律治和黑兹利特（Hazlitt）正是其中座上宾。维多利亚时期的机械协会也向新加入的会员提供一些受教育的机会，从而使他们能够更好地工作。19世纪90年代，青年劳拉已读完雇主要求阅读的所有书籍，于是申请加入烛镇机械协会图书馆，进一步学习简·奥斯丁（Jane Austen）、狄更斯和特罗洛普（Trollope）的作品——这正是《雀起乡到烛镇》里的情节。那时，工人教育联合会开办的夜校也让更多平民有了读书的机会。

道德

自古至今,那些在形式上堪称典范的著作,几乎无一例外地具有极高的道德水准。在 1784 年版《名著选编》(*Elegant Extracts*)序言中,诺克斯告诫年轻读者:

> 要通过这本书获得英文语言上的提高;同时形成关于品味和文学的态度;更为重要的是,吸收更多的知识,以及最纯净的美德和宗教信仰。

1828 年,伦敦大学(即后来的伦敦大学学院)首位英文教授这样描述他的教学目标:"通过向英文大师们学习而获得美德。"维多利亚时期,致力于英文教学的推动者们再三强调好的作家能够带来良好的道德影响。1800 年,中学教师大多为神职人员;到了 1870 年,这一比例虽然降到了 50% 上下,但虔诚仍然是学校课程的重要内容。人们相信:学习英文会让他们成为更好的人。从一开始,灌输美德就有其实际意义:教育是犯罪和贫困的屏障,而后两者都会为稳定和繁荣带来潜在威胁。学校之外的世界充斥着懒惰和丑陋,而在学校里,美德会赋予脆弱的学生以抵抗诱惑的能力,良好的阅读习惯则会帮助他们过滤虚伪和庸俗的作品。

的确，当广为接受的基督教真理在进化论（evolutionary theory）和圣经学（biblical scholarship）双重包围下受到猛烈冲击时，好的作品有望扛起重任，捍卫人们心中的道德和神圣。作为文化与无政府状态（anarchy）的洞察者[1]，马修·阿诺德将崇高与实用主义融合在一起。他认为文化不能简化为政治，也不局限于道德，它是一种精神上的情境，让人们趋近于"美好与光明"，趋近于最好的自己。它是一种超越了狭义之忠诚的理想，是"统一的、非个人的、和谐于自我和世界的"。作为一名督学，阿诺德坚信教育应该让孩子熟悉名作；作为一位批评家，他认为诗歌应给予人们慰藉与鼓舞：

> 诗歌的未来是宽阔的——它也理应拥有这美好的未来——因为随着时间流逝，我们会在诗歌的世界中找到不变的真理……越来越多的人意识到，我们必须借助诗歌来阐释命运，寻求慰藉乃至支撑自我。若无诗歌，科学将显得不够完整，而此刻与我们同在的宗教和哲学也大多可以为诗歌所取代……不过，如果我们对诗歌的未来抱以如此崇高的期许，就必须将它的标准定得高一些，因为只有高水

---

[1] 具体可参考其1869年所著《文化与无政府状态》，见 Matthew Arnold, *Culture and Anarchy*, Oxford University Press, 2009。该书为阿诺德由传统转向新思想的标志之作。

准的作品才能给诗歌带来光明的未来。[1]

我在此直接引用了阿诺德作于1880年的《诗歌研究》("The Study of Poetry")中的段落，因为没有其他文字能够恰如其分地诠释其修辞技巧之高超，它使那些看起来似有道理的言辞得以升华为非凡的主张。如果真如阿诺德所说，诗歌可以代替宗教，那么批评也可以代替布道——事实上，阿诺德的论述正如牧师之布道，通过简练的措辞、重复的关键词（如"诗歌""崇高""命运"）以及神学词汇的运用（如"不变的真理""与我们同在"）传达信息。诗歌有抚慰与修复人心的作用，这一点恰好与《诗篇》第二十三篇牧羊人所述的上帝之职责相呼应。

作为芸芸众生的一员，我们在葡萄架下挥洒汗水（依据《圣经》的隐喻），或以教师、督学、教育委员会主席等角色重复日常工作，与神近在咫尺，这是多么令人欣慰——1921年的《纽波特报告》，面向的就是这样的读者群。报告对阿诺德给予高度评价，并大量引用他的原话。与阿诺德一样，该报告推崇人性和自由，对普遍文盲所带来的社会风险也持有相似观点。但是，在有关组织和薪酬的低调讨论中，尽管报告明确建议教师不要在语法课上过多强调，但实际行文中，

---

[1] 参见 Matthew Arnold, *Essays in Criticism: Second Series* (1888)。

它常常话锋一转,便开始重申英文教学的宗教式角色:"救赎"在于弥补文化和日常生活之间的豁口,而英文教师就是"传教者",文学不仅仅是一种"蒙恩之道",更是"人类精神的庙宇,人人都应该在里面虔诚地祈祷"。

上述说法在今天看来似乎有些夸张,但将文学视为精神导引的观念却传承了下来。这也正是驱使批评家从《安眠封印了我的灵魂》一诗中寻求启示的理由,而其他人可能只会从中感受失落的悲伤。或许所有教师都无法抗拒文学的宗教式作用,它意味着我们不仅仅在向学生介绍阅读的乐趣或解释语言的功能,还在教授他们生活的经验。更重要的是,教师可以且应当去分辨什么样的书能让学生获得最真实、最有价值的生活经验——这也是教师这个职业最具诱惑力之处。尽管拿着微薄的薪水,做着超负荷的工作,还要不时遭受歧视,但教师们被阿诺德及其继承者们告知:他们正在拯救这个堕落的世界。

教师应学会如何教育,更应学会如何教授英文。随着19世纪的流逝,越来越多的学校将英文纳入教学中。[1] 1859年,伦敦大学设立英语语言文学学士课程。

---

[1] 关于英文成为大学课程的发展史,参见 D. J. Palmer, *The Rise of English Studies* (London: Oxford University Press, 1965) 和 Chris Baldick, *The Social Mission of English Criticism*, 1848-1932 (Oxford: Clarendon Press, 1983)。

牛津大学尽管相对滞后，但也于1894年克服巨大争议，设立英语语言文学荣誉学院。当时，人们普遍担心这样一个新学位将沦为鸡肋，毕竟课程要求学习的大多数作品看起来都是用于娱乐消遣的，并不适合做正经的研究。不过，盎格鲁-撒克逊语和中世纪英语的包罗万象就是对此的有力反击。1917年剑桥大学也效仿了这一改革，但时值第一次世界大战结束，对于将英文起源追溯至日耳曼语这件事，学生们兴趣寥寥。在当时的剑桥，即使你从未读过乔叟以前的任何作品，也有可能顺利拿到荣誉学位——不知是否有意为之，当时的剑桥以伦理学暂时填补了这一学科的空白。

I. A. 理查兹

由此不难理解，历史上第一位英文文学教授接受的是其他学科的培训。1919年被任命的I. A. 理查兹（I. A. Richards）教授有着伦理学的研究背景，却下定决心要教会自己的学生如何阅读，或者说如何更好地阅读。在他的努力下，文学批评正式成为一门学科。理查兹认为，好的作品应当是道德价值的集合，其1924年的著作《文学批评原理》（*Principles of Literary Criticism*）利用心理学对此做出了解释。该书指出：个体是受喜或恶的冲动驱使的，这种对于刺激的随机反应有待组织，"生命的良好行为源自对反应的有序组织","如果个体的初始反应是混乱无序的,那么生活就不可能顺遂"。

与其他作品一样,艺术是由经验构成的,但我们知道那是艺术作品,这就与经验拉开了距离,使我们得以从一片混沌中分辨艺术家想要描述或传达的冲动。每一份经验、每一次对刺激的反应都会留下痕迹,而批评家的职责就是将有价值的经验与那些会固化传统思想的经验分离开来。程式化的反应是毫无意义的,唯有与艺术的真实碰撞才能改变我们,重塑我们的思想。

在这样趋近于科学的分析中,我们所熟悉的宗教词汇还是不时闪现:"糟糕的品味和粗俗的反应不仅仅是缺点……实际上,它们是其他一切缺点的根源。"那么这一切罪恶的根源又是什么?整个19世纪,粗制滥造的小说和耸人听闻的报纸充斥着市场,反对的呼声越来越高,斥其为对文字的滥用。及至现代,电影和电台诞生,新的威胁又出现了。理查兹警告道:"电影和广播带来的罪恶或许不可估量。"平庸将助长程式化的反应,让人们难以走向成熟,而只有培养和推广高水准的作品,才能抵消阅读习惯无节制的堕落,让人们恢复精神健康。

知识链接:

I. A. 理查兹(1893—1979),英国批评家。其理论结合弗洛伊德思想与行为主义（behaviourism）之长，以新颖、现代著称，在第二次世界大战之后的剑桥大学风靡一时。在文学理论方面，他力图使之科学化与规范化。其 1929 年的著作《实用批评》（*Practical Criticism*）根据教学实践写成：向学生分发不署名的诗作，请他们进行阅读与评价。这一实践后来成为剑桥大学英文课程的标准内容。

F. R. 利维斯

在理查兹的众多信徒当中，F. R. 利维斯[1]堪称集大成者，他不仅影响了大学教育，对中学教育也具有深远意义。利维斯相信，教育是一种职业，也是一场面向大众传媒和自动反应机制的对抗，而批评能够提升人们的品味与感知力，助其抵挡商品和情感的批量生产，尤其是在这样一个真实情感为庸俗感性所淹没的世界里。利维斯并未复制理查兹晦涩的心理学理论，相反，他直击 "experience"（经验）这一关键词：小说描述我们从自身经历中提取的经验；作者则安排给角色一定的经验，并以某种方式来评价这些经验，使读者从中受益；无论是角色还是读者，都能从这些经验中有所收获，并且在这个过程中得到成长。

1　有关其著作及影响，可参见 Francis Mulhern, *The Moment of Scrutiny* (London: New Left Books, 1979)。

成熟意味着精挑细选，而只有最好的作品才能达到这一标准。在著作《伟大的传统》（*The Great Tradition*）的开篇，利维斯这样写道："最伟大的英文作家是简·奥斯丁、乔治·艾略特（George Eliot）、亨利·詹姆斯（Henry James）和约瑟夫·康拉德（Joseph Conrad），这一名单将维持良久。"这掷地有声的言辞，对那些看似包罗万象实则不知所云的观念提出挑战：没有"如果"或"但是"，立场必须清晰而坚定。然而到了今天，我们的立场已几乎没有空间——劳伦斯·斯特恩（Laurence Sterne）、亨利·菲尔丁（Henry Fielding）、勃朗特姐妹（Bront's）、托马斯·哈代（Thomas Hardy）……这些不同寻常的作家何以定位？同一时期的 D. H. 劳伦斯（D. H. Lawrence）与弗吉尼亚·伍尔夫（Virginia Woolf）又将如何取舍？

利维斯列举的这几位小说家"都以极强的感受能力著称，在生命面前保持着一种率真的虔诚。""life"（生命），这个词贯穿了利维斯的批评，而这正是一个终极的宗教话题。从伊甸园里的"the tree of life"（生命之树），到《启示录》中的"the river of the water of life"（生命水之河），无一不表明这个词在《圣经》中的重要性。《新约》中既有"字句叫人死，精意使人活"（林后 3：6），亦有"神的粮，就是那从天上降下来赐生命给世界的"（约翰 6：33）。利维斯赋予这些

《圣经》词汇以世俗含义,并希望借助这种传统来抵抗商业化与标准化的入侵。

然而《伟大的传统》随后又指出,即使是利维斯列举的这四位伟大的小说家,他们的某些作品也不能完整地体现生命的价值。这时就需要批评家来鉴别了——实际上,鉴别就是他们的工作。作者负责处理自己所描述的经验,批评家则负责对此做出解析。因此,批评能够直接吸引并塑造读者的经验。如果说英文教学是对感知力的训练,那么批评家则必须拥有极度的敏锐和历练,才能引领读者走向成熟。

知识链接:

利维斯(1895—1978),英国批评家。1932年至1953年间,与妻子Q. D. 利维斯同为影响深远的季刊《细察》(*Scrutiny*)之编辑。1932年的《英诗新方向》(*New Bearings in English Poetry*)标志其现代性转变,而1936年的《重估:英国诗歌的传统与发展》(*Revaluation: Tradition and Development in English Poetry*)为实用批评的典范之作。其他有影响力的作品还包括1952年的《共同的追求》(*The Common Pursuit*)和1955年的《小说家劳伦斯》(*D. H. Lawrence: Novelist*)。

作者

在利维斯的著作中,批评已成为一项独立研究,实现了阿诺德的夙愿。那些世界公认的经典行使着宗教之职,而批评也成为美德乃至生命的源泉和守护者。这样一来,评价和伦理观就在批评家的作品中融为一体了。

此外,批评家还在作者的思想中寻找焦点,后者的情感和成长通过作品得以传达。由于作者的名字通常界定了写作的主体,因此,作者与作品之间一直存在着意义的滑动:莎士比亚,是一系列戏剧与诗歌的代名词;同时,这个名字也是一位活生生的剧作家,他对他生活的世界必然有自己的看法。人们逐渐把作者的生平当作理解作品的关键,反过来说,作品也能够直接反映作者的思想。于是,作品的价值即确保了思想的价值。在19世纪,人们普遍有这样一种想法:阅读一部好小说,就是认识一位作者。1921年的《纽波特报告》指出,英文是"与伟大的灵魂交流的工具,你可以通过他们的经验获得愉悦与教益"。I. A. 理查兹则认为,艺术是交流的最高形式。如果作品能充分体现作者的经验,它一定会在读者心中引发共鸣。

这种交流是超越时间与空间的。由于普遍人性是写作永恒的主题,即便远在几个世纪以前,作者也能穿越时空，借由作品与我们交流。1907年，沃尔特·莱利教授（Professor Walter Raleigh）将此归功于莎士比亚那"对人类生活和人类情感的广泛了解"。此外，研究莎士比亚的批评家也应拥有相似的能力，才能够展开对其作品的批评。这样，作者和批评家之间就形成了一条紧密的纽带。正如F. D. 莫里斯（F. D. Maurice）1874年所说，最好的批评家"总能提炼出一本书的意义和美感……因为批评家与作者的心是相通的"。在阐释人性、宣扬救赎价值的道路上，作者和批评家往往是携手并进的。

选择

一面与专业的批评实践并驾齐驱，一面多轨并行，如此，教育领域逐渐确立了三种常见理念：首要任务是评价；评价中最为重要的，是生命的伦理观与精神图景；而这些是属于作者的宝藏，因阅读得以传承。颇具讽刺意味的是，在这一过程中，虚构作品的本质——虚构，恰恰被忽视了。相反，它被简化为可评价的、具有道德意义和传记色彩的事实。

尽管如此，类似的观点始终普遍存在。近年来，经典著作的范围一再扩容，加入了一些足以令利维斯嗤之以鼻的作品，但部分学院派仍然毫不犹豫地将文学置于艺术神坛之上。在他们看来，文学是受人尊敬之物，不仅讲究措辞，还能在道德上鼓舞人心。包括玛莎·努斯鲍姆（Martha Nussbaum）[1]在内的一批美国哲学家则坚信，那些有望促进文明的文学作品应被纳入民主教育的版图。与此同时，作者的传记成为批评家的仓库，任何细节随取随用，都可以被当作批评。

但是，一贯虔诚的学院派中也出现了不同的声音。其中一种是历史主义（historicism），它主张把作品放到其所处的时代背景下分析。历史主义学者认为，如果我们对一部作品的写作背景一无所知，我们就无法完全理解它。然而，一旦解释诉诸历史，一旦将历史的特殊性引入阅读过程，那么所谓的普遍人性就会失去根基。如果小说所述跨越了数个世纪，或许它正是为了证明历史的差异与变化的可能性。

其次，为了更有效地谴责现代流行文化，批评家必须更密切地关注它，以至于超出了他们自己的预想。尽管与失落的黄金时代相比，现代性常常被指责为先天不足，但在适当的时候，某些批评家也许会从当下流行的材料中找到过去的痕迹。毕竟，即使听上去不甚高明，工人阶级文化的传统特征仍有其价值所在。而无论好坏，在上述基础之上，文化研究（cultural

---

[1] 其关于文学重要性的强调，参见 Martha C. Nussbaum, *Not for Profit: Why Democracy Needs the Humanities* (Princeton, NJ: Princeton University Press, 2010)。

studies）应运而生了。

历史主义

首先来看历史主义的兴起。从一开始，牛津大学的英文课程就是按照历史顺序讲授的，从盎格鲁-撒克逊时期的史诗与挽诗，到中世纪的叙事和抒情诗，再到现代时期的作品。一份关于语言历史的考卷，着重考查学生对单词意义和用法变化的掌握。我还记得《仲夏夜之梦》（*A Midsummer Night's Dream*）中写道花儿"也为失去贞洁的少女哭泣"，字里行间强调其哀悼的是被强迫、受侵犯者。这反映了过去乃至当今一些文化中对贞洁的重视，它们将童贞视为适婚女性的某类财产，而"rape"（强暴）一词正源自拉丁文的"theft"（偷窃）。不光是受侵犯的女性，她的家人也会因为贞洁"被窃"而痛苦。

这个例子一直深深刻在我的脑海里。当然，例子不止这一个。比如"reason"（原因、理性）和"nature"（自然、本质）这两个单词的意义随着时间推移发生了变化，由此我们可以窥见其背后的社会和文化变迁。"criticism"（批评）这个词也有一段故事。它最初与"judgement"（审判）相关，常常带有负面含义。1683年出版的《谈话的艺术》（*The Art of Converse*）将其称为"一种审查式的幽默，对一切事物采取事不关己的批判态度"。这一含义保留了下来，但后来"criticism"又开始承载评判艺术作品的特殊职能。漫长的18世纪，随着公民社会的发展，"criticism"的内容又涵盖了教养、品味、洞察力等方面，指涉范围一再扩大。

如果说英语文学的一切研究都可以用"criticism"来概括，那么历史主义则是其中一种分析模式，为疲于评判者提供了一条出路。早在1848年，伦敦大学学院的A. J. 斯科特教授（Professor A. J. Scott）就在他的就职演说中提出了这样一个疑问：英文，或是其他的文学语言，怎样才能成为一门专供研究的科学？他认为：诗人正是他们所处时代的声音，而时代的声音又体现在诗人的作品中。克伦威尔（Cromwell）和伽利略（Galileo）是《失乐园》中暗含的线索；而若想了解莎士比亚，就必须了解那个年代的措辞、风俗、事件和生活。总之，要了解一个民族的思想，就应先读懂这个民族的诗。

斯科特的远大设想并未完全实现。牛津大学教授C. S. 刘易斯（C. S. Lewis）撰写《丢弃的形象》（*Discarded Image*），引介中世纪思想，以期培养人们的历史意识；剑桥大学教授E. M. W. 蒂利亚德（E. M. W. Tillyard）的著作《伊丽莎白时代的世界图景》（*Elizabethan World Picture*）则成为畅销书。从现代历史主义观点来看，这两位各有缺憾。刘易斯把中世纪文化当作英国国教的开端，蒂利亚德则希望构建一个人人各行其道的无冲突社会，后者声称在早期的英国社会看到了这样的社会结构，并认为极度保守的莎士比亚对其形成有推动作用。尽管这一说法稍显荒诞，但并不妨碍他的作品经久不衰。

1980年，一本书震惊了整个学界。斯蒂芬·格林布拉特（Stephen Greenblatt）的《文艺复兴时期的自我塑造》（*Renaissance Self-Fashioning*）将一批16世纪的作家置于一个独裁统治的社会中，能否生存，取决于他们如何按照预期构建自我身份。这些身份并不能被简单赋予，而是在与主流文化的交互中逐渐建立。格林布拉特笔下的早期现代社会不再是蒂利亚德的黄金年代，相反，社会关系由权力确定。这样的都铎王朝让一批美国学者看见了自己所处的政治现实，对新批评（New Criticism）心生厌倦的他们立刻爱上了这一雄辩而缜密的分析，转而投入新历史主义（New Historicism）的怀抱。

新历史主义自有其局限性。作为其理论背景的人类学（anthropology）观点是如此引人入胜，被挖掘和放大的历史片段是如此熠熠生辉，以至于作品本身往往备受冷落。在詹姆斯·夏皮罗（James Shapiro）2005年出版的畅销之作《莎士比亚的1599》（*1599: A Year in the Life of William Shakespeare*）中，这一问题表现得尤为明显。这本书生动地描述了莎士比亚生活的年代，浓墨重彩地记录了当时的政治斗争，而对剧作本身的研究却仍停留在维多利亚时期。

关于历史主义，我的看法是：与其到文本之外去寻找本应在文本之内找到的东西，不如由"背景"回归"前景"，将作品本身当成一种独特的文化历史材料。在本书第五章中，我会展开详细的论述。

知识链接：

斯蒂芬·格林布拉特（1943— ），美国批评家，先后在加州大学伯克利分校和哈佛大学任教。除《文艺复兴时期的自我塑造》外，最值得关注的代表作还包括1988年的《莎士比亚式的协商》（*Shakespearean Negotiations*）、1990年的《学会诅咒：早期现代文化论文集》（*Learning to Curse: Essays in Early Modern Culture*）、2011年的获奖作品《扭转》（*The Swerve*）。此外，还于2004年出版了莎士比亚传记《俗世威尔》（*Will in the World*），一度畅销非常。

文化研究

与此同时，另一种文化分析正在兴起。

马修·阿诺德是维多利亚时期最重要的批评家之一，与同时代的许多学者一样，他惯于审视自己所处的社会并发现它的不足。在他看来，中产阶级不仅受贪婪驱使，而且顽固地坚守狭隘的道德理念。阿诺德称他们为"平庸之辈"。贵族阶级也难逃他的谴责，他们被认为散发着甜美而非光明的气息，道貌岸然却喜怒无常、专制跋扈，四肢发达而毫无灵魂，即使被称为"野蛮人"也不为过。阿诺德认为"culture"（文化）是唯一的解决方式，因其代表了人类最美丽的话语与最深刻的思想。但在阐述自己的观点时，他却不经意间给这个词下了另一份注解：文化，指的是定义一个社会的价值和态度的总和。就像一位人类学家观察异族的仪式、传统和说话方式一样，阿诺德对其所处社会的观察也难免流于表面。

当时，大众流行文化通常被批评家漠视，他们认为文学应旨在达成与伟大思想的交流。但到了某个时候，这些对流行文化嗤之以鼻的批评家又不得不走近它，以找出其"堕落"的证据。在1933年出版的《文化与环境》（*Culture and Environment*）这本教师指导手册中，利维斯和校长丹尼斯·汤普森（Denys Thompson）不仅提到了一度备受谴责的流行文化，甚至还建议将这部分内容纳入英文课堂教学中。他们一面抨击无线电、电影、汽车，嘲讽广告、媒体，一面又提醒读者注意媒体带来的特殊效应。书中还指出，消费主义生存的根本在于制造自我审视是否符合标准而衍生的焦虑，并传播"焦虑可以为购物所清除"的思想。此外，他们认为"highbrow"（高雅）同样危险——这在当时显然是时髦词语——因为它试图将文学与普通人能接触到的作品区分开来。

诚然，利维斯和汤普森在为学生设计关于流行文化的练习时，大多要求他们阐明既定的负面结论，而非鼓励他们自己做出评判，但是书中提出的某些问题，确实为当代文化的探索式分析埋下了种子。

在古老的乡村生活、未被异化的劳动方式和民间的传统智慧中，利维斯和汤普森找到了批量生产的替代方式。诚然，那个黄金时代也存在着频繁的饥荒、流亡与无情的监管，但于其拥护者而言，它仍然代表了一种秩序和幸福的理想。然而，在第二次世界大战（1939—1945）结束后的英国，改变正在发生。利维斯的继承者们不再从过去的公有社会中寻求安慰，而是寄希望于传统的工人阶级文化，希望借此抵抗个人主义与消费主义的腐蚀。理查德·霍加特（Richard Hoggart）回顾了他在利兹度过的童年时光，雷蒙·威廉斯（Raymond Williams）则援引了合作社、互助会、工会相互支持的传统。

他们既是在回应社会巨变，也是在勉力捍卫文化本身的意义和功能：一方面，试图通过时代背景赋予"文化"一词更广泛的定义；另一方面，又坚决将它限定在所谓永恒经典的范围内，不受时代背景影响。和第一次世界大战一样，第二次世界大战也带来了新的社会流动。20世纪30年代的经济衰退促使学术讨论趋于政治化，固有的社会结构受到挑战。蒂利亚德以1943年出版的著作《伊丽莎白时代的世界图景》应答，对现有秩序表示认可与维护。一年以后，他又在《莎士比亚历史戏剧》（*Shakespeare's History Plays*）一书中对这一观点进行了补充。但为时已晚。1944年颁布的全新教育法案规定，英格兰和威尔士地区任何一个被认为有能力从中受益的孩子都可以免费就读语法学校。由此，社会关系也不可逆转地发生了变化。

蒂利亚德不是唯一为此焦虑的人。T.S.艾略特认为国家教育仅将文化在一代又一代之间机械传递，而他坚信只有少部分精英能够继承良好的品味和珍贵的传统，这才是守护文化的关键。在1948年的《文化定义的札记》（*Notes Towards the Definition of Culture*）中，艾略特做出了让步，他承认被大众广泛接受之物自有其价值，除了埃尔加音乐外，还有运动杯赛乃至亨利赛船会、温斯利代尔奶酪等等。但究其本质，文化应培育和改进人类的本性，树立值得为之奋斗的目标。

正如该作标题所示，艾略特为文化做出了定义。但这个词的确切含义仍悬而未决。一方面，从人类学视野出发，文化包含一个社会的所有信念与实践；另一方面，传统定义又将其限定在"最好"的范围内。艾略特的理解虽偏向传统，但也有一些人类学的意味。

十年后，在《文化与社会》(Culture and Society)一书中，雷蒙·威廉斯表达了不同观点。他的定义更偏向人类学，仅带有一点传统的痕迹：文化是平凡的、日常的，它包含一个民族的整个生活方式。少数群体的特权会威胁到社会福祉。"我们需要一种普遍的社会文化，不是为了一个抽象的目的，而是因为没有它我们将无法生存。"[1] 但是在这里，改进的念头并未消失。我们必须共享的"整个"生活方式应是健全的、健康的，而这会使我们趋于"完整"。

工人阶级文化也是理查德·霍加特关注的话题，在1957年出版的著作《识字的用途》(The Uses of Literacy)中，他以极富感染力的文笔就此进行了探讨。他认为媒体的贬低言过其实，工人阶级价值观在一定程度上可以抵抗新闻媒体、低俗小说和商业广告裹挟的消费主义思想。不过他也警诫道，在匿名的商业文化推动下，民粹派的反智主义已成为一种特殊的威胁。其中主力，正是那些一味迎合所谓普通大众偏见的媒体专栏作家。通过进一步强化公众思想中最肤浅的观点，报纸、杂志与小说走向畅销的康庄大道。

1961年，霍加特被任命为伯明翰大学英文系教授。三年后，在他的主持下，当代文化研究中心成立。它影响深远，也饱受争议。一方面，价值判断不再是

1　参见 Raymond Williams, *Culture and Society* (Harmondsworth: Penguin, 1963), p. 304。

批评的主要目的。在文化研究中，批评的讨论更有可能集中在流行叙事上，包括它所唤起的情感、所倡导的态度以及可能产生的影响。过去因不属于伟大艺术而被忽视的细节，如今已成为研究的主题。成见与程式没有被摈弃，而是成为新的研究对象。例如在那时，好莱坞的黑人演员往往只能扮演服务性或娱乐性的角色；西部电影通常将印第安人描绘成反派；浪漫喜剧也仅仅描述异性之间的爱情。这一研究范式的影响是深远的：现在，即便没有学院派理论武装，人们也可以识别出日常生活中关于性别和种族的刻板印象了。

如今，文学研究愈发趋于精细，文化领域却比以往任何时候都更加支离破碎。十几年来，文学研究遵循传统，强调在跨越世纪的作品中与伟人交互，以提炼道德价值；而文化研究则更关注当下以及文学以外的东西。在某种程度上，这也催生出了电影、广播、电视、媒体的批评，相信不久的将来，与互联网相关的批评也会出现并大受欢迎。然而，如此将文学孤立处置，势必会损害知识探索的热情，也会切断爱情小说与其鼻祖《傲慢与偏见》（*Pride and Prejudice*）、《简·爱》（*Jane Eyre*）的联系，或是把流行音乐的歌词从抒情诗中除名。文化中总是充满细微差异，但是在单一的二元对立划分下，它们往往难以被察觉。

最终，在文化研究的影响下，加之20世纪70年代的社会发展和智能进化,文学课程彻底拓展了边界。不过,这两大学科都将因理论的出现而改变——下一章,我们会就此展开讨论。

知识链接:

T. S. 艾略特(1888—1965),英国诗人、剧作家、批评家。曾将自己概括为"政治上的保皇派"与"宗教上的英国国教教徒"。其1922年的长诗《荒原》(*The Waste Land*)被誉为现代主义的里程碑之作,而创作于1936年至1942年间的《四个四重奏》(*Four Quartets*)则被其自评为代表作。剧作方面,1935年的《大教堂中的谋杀》(*Murder in the Cathedral*)最为杰出。

雷蒙·威廉斯(1921—1988),英国批评家。出生于工人阶级家庭,相继在阿伯加文尼文法学校和剑桥大学接受教育。1961年结束成人教育部的任教生涯,入职剑桥大学。作品包括1961年的《漫长的革命》(*The Long Revolution*)、1966年的《现代悲剧》(*Modern Tragedy*)、1973年的《乡村与城市》(*The Country and the City*)、1976年的《关键词》(*Keywords*),以及1960年的小说《边乡》(*Border Country*)。

理查德·霍加特(1918—2014),英国批评家。曾获利兹大学奖学金,此后于成人教育部任教。除《识字的用途》外，还出版有大量文化批评专著，包括1951年的《奥登》(*Auden*)和1955年的《如今的生活：当代文化的困境》(*The Way We Live Now: Dilemmas in Contemporary Culture*)。

四 理论的作用

"缄口而无名的弥尔顿"

理论是否能与丰富而深入的阅读相兼容？也许不乏反对之声。但即便如此，它仍是批评工作的基础。归根结底，理论不过是对批评家所作所为的反思。任何批评实践，都要在语言与作者之间、文本呈现与现实世界之间的关系中确认立场。一个广为人知的假设是：作家运用语言来表达对现实的思考或观点。但事实真的如此吗？近年来诸多质疑浮出水面，并就传统批评中评价、道德、作者等诸项议题提出挑战。

一般观点认为，语言是交流思想或经验的工具。然而细究之下，或许语言既未裹挟明确意图，也非完全无意识。诚然，语言的表述一直为人们所重视。马修·阿诺德作为督学，曾为学校推荐选读托马斯·格雷的《墓园挽歌》。该诗指出：写作主要依赖于其他作品。诗人落笔于乡村墓地，猜测这里或许"长眠着缄口而无名的弥尔顿"，一位因无言而最终无闻的诗人。那粗糙的石碑与朴素的墓志铭，诉说着当时贫困农民文化知识方面的窘境。倘若时日变迁，农民亦有教育傍身，他们或可成为议员与作家，甚至闻名于世。

观其命运，该诗态度较为矛盾：如果这类人没有成名，一旦带来负面影响，所涉范围也仅限于左邻右舍。但最吸引阿诺德的，还是诗中对"乡村弥尔顿之缄默"的解释。在结尾处，一位老者带着由未来旅行至此的人，去凝视自己墓碑上的铭文。"请上前，阅读，"老者敦促道，"因你是识字的。"相较之下，那些鲜少接受教育的农民原本也可能借助诗歌震撼世界或启发他人，却实实在在为书写所阻碍："知识从不曾对他们展开／它世代积累而琳琅满目的书卷。"

知识存于书页间，供读者攫取，但它真正的优处却不会自动发声。换句话说，天才亦须借助物质进行创造，尤其需要于既有文化中有所挪用。以上面的诗作为例，"弥尔顿"这个名字并非信手拈来，而是借鉴于著名诗人弥尔顿。其代表作《失乐园》在创作中也多有借鉴，包括拉丁文与希腊文的经典著作，以及《圣经》和早期英国诗人的作品。仿佛是为了证明格雷的观点一般，弥尔顿所作的这首基督教史诗开篇就直接与异教徒相呼应："关于人类最初的违逆……请歌咏吧，天庭的诗神缪斯！"在古典权威方面，弥尔顿舍弃英文传统，转而使用拉丁文惯用词序。又如维吉尔的《埃涅阿斯纪》，首行写到"刀兵与人，为我所歌唱"，随后又引用荷马《伊利亚特》的首行，请求女神歌唱阿喀琉斯之怒。

如果说弥尔顿的诗作借用古希腊和罗马史诗自成

阿尼斯·米勒·派克（Agnes Miller Parker）为1938年版《墓园挽歌》所作木刻版画插图，描绘了"缄口而无名的弥尔顿"[1]

体系，格雷的《墓园挽歌》则引用了弥尔顿所作挽歌《黎西达斯》。可见，大多数诗歌都有所引用。正如本书第一章提到的，即便是华兹华斯那首平实无华的《安眠封印了我的灵魂》也吸纳了歌谣的传统，进而在日渐繁盛的公民社会获得青睐。此外，华兹华斯的挽歌也得益于格雷对这一风格的开创。若对风格或传统不甚了解，缪斯女神亦无法歌唱。试想一个人坐下来计划写一部小说，却对小说为何一无所知，该是多么

---

[1] 图源：剑桥大学图书馆。

荒谬！而真正推动小说进化的，是每一代小说家了解并遵循这种体裁本身的复杂规则，同时又寻找机会突破它。对于那些梦想成为作家的人，最好的建议便是："阅读！"若无对既有作品的模仿、吸收、修饰或反抗，弥尔顿本人即会陷入缄默与无名。

知识链接：

托马斯·格雷（1716—1771），英国诗人、剑桥大学学者。代表作《墓园挽歌》于1751年发表，是其出版的为数不多的诗作之一。

词汇

谈及教育，维多利亚时期的人们将阅读公认为写作的基础。他们深知，写作需要丰富的语言资源。阿诺德在其督学报告中指出，阅读可以增加词汇量，进而拓展知识范围。1921年的《纽波特报告》也反复强调这一点，并坚称：英语不仅是一门孤立的学科，更是所有学科的必修基础——若对词语含义一无所知，便无从掌握任何学科内容。更重要的是，缺乏表象之定义的儿童思维，将始终停留于朦胧、易逝的初级阶段。孩子们如果不能阅读，也就无法学习；如果不能写作，也就无法将所学知识付诸实践。该报告还不止一次指出：英语"并不仅仅是我们思维的媒介，更是我们思维的材料与过程"。

但是，如果知识将伴随词汇量增长而积累，如果母语扩展是儿童智力发育的必要条件，那么，语言就不仅仅是我们借以表达已有思维与观念的工具。相反，它同数学和逻辑中的图像、符号等表现形式一样，占据着主导地位。正如《纽波特报告》委员会意识到的：就广义层面而言，我们学习自己的语言，也正是学习构成我们文化的意义与价值观。

这并非否认感觉与感情的存在，它们是深奥的、出于本能的、难以描述的——除非艺术能找到描述之道。但是，思维与观念确实是后天习得的。"乌托邦""百分比""排中律""正义""平行宇宙""小数""数字远程传输""共同祖先""人权"……不管我们是否知晓它们为何物，很显然，它们并非一开始就存在于经验世界里，只待获得命名。而"天体音乐""火星人""复制人""龙""仙女""牧羊人"……也并不如田园诗中所描写的那样。但是，我们往往很早就认识到这些术语的含义。在阿兰·本奈特（Alan Bennett）的喜剧《鸡尾酒签》（*Cocktail Sticks*）中，有一段在利兹寻觅草地的描述。过往的阅读为他脑海中的利兹描绘出这样的画面：有一片茂盛丰盈的草地，骑士在此拯救困于危难的少女。但最终他被迫作结："利兹没有草地。"

大多数人无缘接触亚原子粒子或暗物质，但这并不意味着我们不能理解科学家所指为何。词汇的扩展，让我们得以了解日常以外的事物，以及可能会存在或仍然停留在想象阶段的内容。词汇也描述事物之间、思想之间的关联，诸如"因为""虽然""尽管""至于""即便"这些词，仅存于思想层面。大多人文学科更是依附于语言而存在。习得哲学词汇，你就可以与哲学家讨论，也可以投入哲学研究。而习得批评术语，无论是否选择使用"与伟大的灵魂相遇"或"成熟"等描述，你都具备了实践批评的基础。

然而吊诡的是，一旦我们赋予语言如此重要的角色，那些"伟大的灵魂"与"成熟"便逐渐隐遁。如果语言不仅是作者与读者两颗心之间交流的媒介，更是思维的材料与过程，那么批评家的重点便会转移到构成作品的语言上。对写作的批评，也就不再依赖于文章背后的既有观念、信息或目的，而只会密切观察作品所言为何。一旦作品成为这样的研究对象，它所表达的内容就会愈加难以捉摸，甚至有效的交流也可能不再发生。

朦胧

时值两次世界大战之间，在剑桥大学英文系一片正经老派的风气中，诞生了一位与众不同的批评家。威廉·燕卜荪，这位 I. A. 理查兹的门生之一，于

1930年也即自己二十四岁时出版了成名作《朦胧的七种类型》(Seven Types of Ambiguity)。彼时他一度获得剑桥大学奖学金提名，却因房间中被发现安全套而触怒校方，只得离开英国前往远东。如果这段故事不曾发生，批评史或许会是另一番景象。（说句题外话：如果历史变革需要证据，这个故事便是佳例。从今天的眼光来看，倘若当年房间里没有安全套，人们反而可能觉得他不负责任。）

当时，年轻的燕卜荪一直在读罗伯特·格雷夫斯（Robert Graves）的作品，尤其是其1927年与劳拉·赖丁（Laura Riding）合著的《现代主义诗歌鸟瞰》(A Survey of Modernist Poetry)。书中一章谴责了编辑对莎士比亚一首十四行诗标点的现代化改动，认为这种做法消解了某些隐藏的含义。格雷夫斯与赖丁对这首诗的首印版进行了分析，以展示一种"激烈的动态"关系中所容纳的不同含义，它们是可以平行共存的。[1] 尽管燕卜荪并未继续在标点上下功夫，但是"一部作品可能并不局限于单一的、表面的信息"这一想法显然在他心中埋下了种子。

事后看来，《朦胧的七种类型》一书的出版正标志着在接下来一个世纪里，理论之辩的界限逐渐清晰，

---

[1] 参见 Robert Graves and Laura Riding, *A Survey of Modernist Poetry*, eds. Charles Mundye and Patrick McGuinness (Manchester: Carcanet, 2002), p. 38。

直至完全显现。一方面，传统批评继续关注作品背后的思想；另一方面，文本（text）——燕卜荪尝试性地使用了这个词——表达的内容可能超出作者所知。继而，意义（meaning）与意图（intention）相分离。比如，假设格雷在《墓园挽歌》中想要呈现的是生活中令人心忧却无可避免的穷人之困境，这一构思与斯多亚主义（Stoicism）相洽，又符合该诗的某些特征。但如果意义可以与意图不符，那么当阿诺德将这首诗视为对普及文化的挑战时，就不至于被判为误读了。从文本角度来看，问题在于读者（或观众）能从作品中获得什么，因而读者（或观众）将成为关键。批评家的职责则在于确认一系列选择，而不必强行设定一种符合预期或权威的解释。

看来，我们有必要探讨一下燕卜荪理论的本质。尽管《朦胧的七种类型》已跻身批评经典之列，但更多是盛名在外，阅读量却不尽如人意。这本书的阅读难度相当高，难点不在于其中盘根错节的章节与术语，而是由于它要求读者以规定的方式阅读。读者无法跳过书中所引段落，相反，还要自行提炼论点。无论对文本段落熟悉与否，都鲜有机会为阅读做出准备和铺垫，却不得不直面一系列可能的解读，且终无定论。就我个人经验而言，有必要先通读一遍引文以了解大意，再仔细研读，逐个找寻可能存在的歧义。而有所得之后的第一反应往往是怀疑，因为按燕卜荪的阅读方式，不应满足于那些显而易见的含义。但是要克服这一倾向，就意味着要看到段落本身可能比初读时更富有暗示性。

那么，对于燕卜荪理论的最佳阐释之道便是提供一个范例。莎士比亚笔下的麦克白弑君篡位，终日受到恐惧与噩梦的折磨。那夜他下令诛杀班柯与弗里恩斯后眺望窗外，等待最终结果来临：

Come, seeling night,
（来，使人盲目的黑夜，）
Scarf up the tender eye of pitiful day,
（遮住可怜的白昼的温柔的眼睛，）
And, with thy bloody and invisible hand,
（用你的无形的毒手，）
Cancel and tear to pieces that great bond
（撕毁那重大的）
Which keeps me pale.
（使我困顿的束缚吧。）
Light thickens,
（天色在朦胧起来，）
And the crow makes wing to th' rooky wood;
（乌鸦都飞回到昏暗的林中；）
Good things of day begin to droop and drowse,
（一天的好事开始沉沉睡去，）

> Whiles night's black agents to their preys do rouse.
>
> (黑夜的罪恶的使者却在准备攫捕他们的猎物。)

当麦克白深陷残忍之思,否认自己的人性(他称其为"使我困顿的束缚")时,"天色在朦胧起来"。燕卜荪认为,此处既抓住了夜幕降临之际的黑暗,又与女巫们的开场相呼应。这种隐秘的联系,使得麦克白站在窗前的眺望不再简单面向日出日落,更汇集了善与恶、光明与黑暗之间的对立,它们弥漫在整个戏剧的段落中。与此同时,"crow"(乌鸦)这一意象也裹挟着谜题。它指的是喜爱成群活动的"rook"(秃鼻乌鸦)吗?它们结伴归巢栖息,是否会令无法安寝的麦克白心生妒忌?或者正相反,这里指的是"carrion crow"(小嘴乌鸦),一位和麦克白一样独行掠食的"暗黑使者",与天真的秃鼻乌鸦格格不入,正如麦克白在良善人群中显得不合群?如此,这个单词适用于多种解释。

燕卜荪指出,我们无须选择其一。但是,我们的头脑中能并存多种解释而免于互相影响吗?我相信是可以的。好比一部悲剧电影,即便我们为角色哭泣,也深知他们并不真正存在。人们在莎士比亚作品中发现的深度,或许恰恰依赖于这种多元化的解释:麦克白渴望成为一只无害的秃鼻乌鸦,又最终决意成为一只小嘴乌鸦,于是两种对立的含义汇聚成一个模棱两可的词语。这并不是说我们选择了自己喜爱的解读方式——尽管存在这种可能。相反,同时具备两种视角可以让我们认识到,思维状态可能是矛盾的、不连贯的、对立的,而且语言在本质上即可承载多种解释。同样,格雷的《墓园挽歌》也许既可归属于寂静主义,又能从激进视角解读。

当然,燕卜荪并不是说所有事物、所有作品都如出一辙,或所有解释都好坏一致。他自己的诠释也非绝对正确,但他提出的可能含义往往都参考了其他范例。而其反对者则对此冷眼旁观,认为这些方法不过是诱使我们去编造任何貌似能自圆其说的解释。

事实远非如此。不过,在诸种歧义间仅择其一的意愿确实很难消泯,这源于我们的一个日常假设,即语言不过是交流的工具。

《麦克白》(*Macbeth*)最早的编辑如此描述自己的工作:根据剧作家脑中已有的唯一含义,确定一个连贯的、合乎逻辑的版本。上述引文中"乌鸦都飞回到昏暗的林中"一句,"rooky"这个词尤其令人费解。有位编辑无法参透它与下一行之间的联系,于是提出修改意见:"我忍不住猜想,作者写的其实是'rook i'th'wood'(翅膀藏于树木),也就是'栖息其间'的意思。"维多利亚时期的某位批评家则提出另一种可能性:"我觉得莎翁想要描述傍晚时分树林里的阴郁氛围,写的是'to th' murky (or dusky) wood'(飞回到黑暗［或昏暗］的林中）。"他还引用了当地方言的相关研究，来证明其改进的合理性。

在书的后半部分，燕卜荪欣喜地引用了第一版阿登（Arden）版《麦克白》对此前所有修订的有力反驳，以声援自己关于"rooky"的解释，即该词在文中意为"rouking"（栖息）。同时他也指出，只须列出诸种选项，便能让我们认识到歧义存在的可能性。他还戏谑地补充道："我相信，19世纪的那位编辑私下里也曾同时相信多种选择。"

即便真的如此，我想那位编辑也会守口如瓶的。而燕卜荪，其新颖的阅读方式的影响来得较为缓慢。1951年，肯尼斯·缪尔（Kenneth Muir）编辑的第二版阿登版依然罗列了此前诸种选项，但对它们以及前任编辑的主张一律驳斥，推崇单一的严肃注解："rooky"意为"black and filled with rooks"（黑色，满是秃鼻乌鸦），而文中"crow"指的正是这种秃鼻乌鸦，因为从动物学角度来看，小嘴乌鸦并不结群营巢。

时移事迁，及至2008年，A. L. 布伦穆勒（A. L. Braunmuller）在剑桥版《麦克白》中提出，"crow"可能既指友善的秃鼻乌鸦，又指掠食的小嘴乌鸦。他还贡献了一个有趣的思路："light thickens"（天色在朦胧起来）一句，可能会让人想起第一场的"fog and filthy air"（迷雾重重）。而同年出版的牛津版《麦克白》中，尼古拉斯·布鲁克（Nicholas Brooke）又引用了燕卜荪关于"rook"和"crow"的观点——这也是朦胧派的最终胜利。

知识链接：

威廉·燕卜荪（1906—1984），英国批评家、诗人。1953年至1971年在谢菲尔德大学任教。作品包括1935年的《田园诗的几种形式》（*Some Versions of Pastoral*）、1951年的《复合词的结构》（*The Structure of Complex Words*）和1961年《弥尔顿的上帝》（*Milton's God*）。

掌控的失落

那时，人们对语言的思考已进步卓越，对大多数批评实践者而言，批评亦有相应变化。燕卜荪发现，即便出于无心，词语的含义也会处于滑动变化中，似乎没有人能完全掌控。1606年，"crow"既可指小嘴乌鸦也可指秃鼻乌鸦，莎士比亚或许会（也或许不会）在两者之间做出有意识的选择——退一步说，即使他曾经有所选择，现在也无人知晓。而假设我们可以向莎翁提问并得到他的回答，谁又能说另一个无意识的含义不是这行文字引人关注的原因之一呢？

那么，批评家如何构建可靠的解读呢？毫无疑问，在秩序井然的世界里，一个词有且仅有一种含义，且这一含义永久不变；而在实践中，语言的世界却并不按照此逻辑运行。例如，在早期现代英语中，"let"既可表示"阻拦"，又可表示"允许"。前者后来衍生为"毫无阻碍"。当哈姆雷特决定不顾危险追随鬼魂时，曾宣称"I'll make a ghost of him that lets me"（凡是阻碍我的人，我就让他变成鬼魂）。我们一面费力向学生解释此处"let"意为"阻碍"；一面在内心深处揣测：它也可能意为"允许"，其所指并不局限于这一刻，还预示着主人公的未来——我的朋友兼同事海伦·库珀（Helen Cooper）就风趣地称哈姆雷特为"连环杀手"。在戏剧中，哈姆雷特会干掉任何给他机会的干涉者，包括波洛涅斯、罗森克兰茨和吉尔登斯特恩，并间接导致奥菲利娅的离世，直到他最终消灭雷欧提斯和克劳狄斯。

　　语言本身就是模棱两可的，这对批评家所习惯的掌控感而言无疑是一种挑战。我甚至不确定自己是否相信"let"在《哈姆雷特》中兼有两种含义，但也不能完全排除这份可能性。总之，我们无法一面坚持语言应有唯一明确的解读，一面承认语言本身的无规则特质。无法确定的含糊性已削减了人们对单一含义稳定性的信仰，而即使理解多重含义需要花些时间，也已是开弓没有回头箭了。

掌控的重获

最早明白这一点的是美国的新批评学派（New Critics），他们旨在修复对歧义的界定。例如，要把法文中"récuperer"这个词恰如其分地译成英文确实很难，它的含义包括"恢复""驾驭""归于秩序"。于是，新批评学派以更为安全的术语"paradox"（悖论）代替了"ambiguity"（朦胧）：当后者无法解决分歧时，前者可以调和对立的含义，将之转化为反讽或特殊意义。蒲柏在《人论》（*An Essay on Man*）中将人类定义为"世界之荣耀、笑柄与谜"，如果前两种矛盾的说法皆无误，它们组成的悖论就揭示了一个单一的、具有讽刺意味的真理：人类是既伟大却又荒谬的谜。同样，当亨利·沃恩（Henry Vaughan）写下"上帝有一种深沉而耀眼的黑暗"时，神性的光辉与神秘之悖论已超越纯粹的人类逻辑。

在1947年首次出版的《精制的瓮》（*The Well Wrought Urn*）中，新批评学者克里安斯·布鲁克斯（Cleanth Brooks）就一系列不同时代作品之朦胧性进行细读，找到了创造性想象力反抗理性而生成的"fusion"（融合）。关于《麦克白》，他绕开了小嘴乌鸦与秃鼻乌鸦之辨，转而从麦克白对谋杀计划的恐惧沉思中提取更早的意象：

Pity, like a naked new-born babe,

(怜悯,像一个赤身裸体的新生婴儿,)

Striding the blast, or heaven's cherubin, horsed

(在狂风中漂游,又像一个天婴,)

Upon the sightless couriers of the air...

(御气而行……)

布鲁克斯提问:这里的"pity"(怜悯)应作何解?是一个随风飘摇的可怜无助的婴儿,还是一个足以驾驭风的超自然能力者,根本无须怜悯?布鲁克斯精密地分析了婴儿的形象,最后得出结论:"两者兼而有之——因其弱点,故而强大。这一悖论是情境本身所固有的:那将要摧毁麦克白的过于脆弱的理性主义,正是他赖以建立事业的根基。"[1] 如此,批评家提出一个问题,再予以解决,也就重新掌控了这部作品。

不同于燕卜荪的碎片式研究,新批评学派更倾向于阅读整首诗或整部诗剧(他们对散文兴趣寥寥),寻求统一与平衡。这种方法也很容易应用于教学实践中:学生可以拆解特定的单词和段落,以找出意想不到的

---

1 参见 Cleanth Brooks, "The Naked Babe and the Cloak of Manliness," in *The Well Wrought Urn* (London: Denis Dobson, 1968), pp. 17-39。

含义，从而形成整体上单一、复杂而矛盾的意义。在美国，新批评一度成为大行其道的正统学说；而在英国，它对旧历史主义和利维斯主义（Leavisism）亦有影响。然而到了20世纪80年代，新历史主义又占据上风，并通过命名再次彰显不同。

知识链接：

克里安斯·布鲁克斯（1906—1994），美国批评家。1947年至1975年执教于耶鲁大学。专于研究美国南方文学，尤其是威廉·福克纳（William Faulkner）的作品。代表作有1938年与罗伯特·潘·沃伦（Robert Penn Warren）合著的《理解诗歌》（*Understanding Poetry*）以及1957年与威廉·K.维姆萨特（William K. Wimsatt）合著的《文学批评简史》（*Literary Criticism: A Short History*）。

新批评的挑战

如此重视文字，势必会影响我们在前文总结的批评三大目标——确立价值、道德和作者意图。不过，这还不至于完全颠覆传统，评价仍然存在，只是不再那么必要。实际上，当作品被挑选出来进行分析，其价值也就得到了充分证明。由此来看，新批评学派的主张并未对彼时的标准提出直接挑战。

同样，伦理教育也被边缘化了，但尚有一席之地：诗歌不再被单纯视为教化的工具，诗歌的价值也不再简单等同于道德价值。一部作品即便在道德角度上确非合乎正统，也不会严重损害其地位，而更重要的是它的深刻性、复杂性、微妙性，以及它对人类处境的洞见。

另一方面，作者的地位则被彻底降级。在所有新批评学派的理论范围内，最有影响力的当推威廉·K. 维姆萨特和门罗·C. 比尔兹利（Monroe C. Beardsley）于1946年合著的文章《意图谬误》("The Intentional Fallacy")[1]。他们坚称，作者的构思于读者而言并无意义：如果作品呈现了作者的意图，即不言自明；如若不然，便也无关紧要。于是又一次，语言不仅仅被视为个体之间传递信息的载体。诗歌并不属于作者，相反，作品是公共财产，因为"它体现在语言中，是公众的特有财产"。因此，意义是由公共渠道获取的，须"通过诗歌的语义与语法，通过我们对语言的习惯认识，通过语法、词典和所有作为词典来源的文学作品——总的来说，即通过所有构成语言与文化的内容"来发现。

如果说写作依赖于其他作品与现有的用法，解释便依赖于对它们的熟悉程度。对于想成为批评家的人

---

[1] 参见 W. K. Wimsatt, *The Verbal Icon* (London: Methuen, 1970), pp. 3–18。

而言,最好的建议依然是"阅读",去了解如何组合词汇,去了解语言的历史,去熟悉各种体裁,而不要过分考虑作者的个性。

这一立场的逻辑,促使新批评学派把诗歌中的"我"与作者分离开来看待,同时将文本定性为虚构。无论浪漫主义者如何相信,无论作品给人的感触有多深,一部根据(或旨在反抗)意义、形式、体裁的普遍约束而创作的作品,绝不可能只是强烈情感的自然流露。(一直让我匪夷所思的是,居然真有人相信一个人在白热化激情影响下,第一冲动就是创作一首结构紧凑、押韵精密的十四行诗来发泄心中的情感。)新批评学派用虚构的替身来代替作者经历激情,至于作者本人当时是否有此体验已不重要。"即便是一首简短的抒情诗也有戏剧性,它是'speaker'(说话者)对某一情境的反应……我们应即刻将诗歌的思想和态度归于说话者。"他们忠于此原则,评论也往往绕过作者而直接聚焦于说话者——有时也称"the lover"(情人),或者为了避免误解称其为"the poet"(诗人)。

与燕卜荪一样,新批评学派为读者(或观众)提供了一个实验性的空间,供其体察作品的朦胧性,并理解其中的悖论。此外,这也成为令批评成功的所谓保证:"知情的"读者将判断批评家之解释的价值,并且,假设他们获取信息的方式与批评家恰恰相同,他们便可能会认同这种解释。

法国理论

让我们暂且告别英美理论界,将目光转向同时期的法国。在第二次世界大战之后的巴黎,反思之风带动了人们对语言与文化的新兴趣。高度文明的德国,如何选举出为恶念所驱动的政府?更糟糕的是,诸多被侵犯的法国公民,缘何向敌人臣服?并且,战争既已结束,社会革命何以来得如此之慢?

一些思想家指出:答案就在人类学意义上的文化中。他们认为,文化为我们提供了赖以生存的神话,其呈现方式则影响着我们的思维方式。新一代法国理论家对一部早期语言学著作产生了浓厚兴趣,即出版于1916年的费尔迪南·德·索绪尔(Ferdinand de Saussure)的《普通语言学教程》(*Course in General Linguistics*)[1]。这本书为他们提供了关于语言运作的观察,以及理解含义的新法。

首先,文字不仅仅是既有观念的标签,在一定情况下反而是它们的来源。《纽波特报告》宣称"语言是思维的材料与过程",并被托马斯·格雷以及维多利亚时期的人们奉为圭臬。而现在,索绪尔举例论证:不同的语言以不同的方式来理解世界。由此,翻

---

[1] 参见 Ferdinand de Saussure, *Course in General Linguistics*, trans. Wade Baskin (London: Fontana, 1974)。

译之难可以想见。例如前面提到的法文中"récuperer"这个词，在英文里就难以找到确切的对应词。此外，法文中还存在着英文所不具备的特殊时态。许多语言有不止一种形式的第二人称，如法文中的"tu"和"vous"、德文中的"Du"和"Sie"，它们意味着不同的亲密程度。然而，如何在现代英语中捕捉这种微妙的差别呢？又如法文中的"le mouton"，既可指漫游田野食草的动物绵羊，亦可指供人食用的羊肉；但到了英语里，"sheep"（绵羊）和"mutton"（羊肉）却是被明确区分的。有趣的是，这种差异与一段历史相关。在凯萝·邱吉尔（Caryl Churchill）的剧作《白金汉郡上空的光芒》（*Light Shining in Buckinghamshire*）中，玉米商人斯塔指出：盎格鲁-撒克逊的农场工人饲养活的牲畜，而讲法语的诺曼贵族们只会在餐桌上遇到被煮熟的它们。

各种语言之间无法一一对应的差异不胜枚举，这正是翻译工作每天面对的难题。由此，索绪尔得出了鲜明而惊人的结论：观念并不是首先诞生的，语言也非先验思维的工具。"如果文字代表既定概念，那么另一种语言中理应有其对应含义，但事实并非如此。"事实是，语言之间存在差异，它们并非先天存在，而是由语言本身生成。当我们学习母语时，会将一系列差异内化，再呈现于自己的意识中，就好像它们原本存在于世界一样。

我们从母语中学习到的意义是一种限制（constraint），而非约束（binding）。比如，法国人很容易确定"羊"是指活物还是指煮熟的羊肉。而为了学习"récuperer"一词的含义，我也可以将它转化为某个英文单词，或尽力找到意义接近的表达——翻译的技巧正在于此。索绪尔也并没有说，因为英文中只有一个第二人称代词，我们就不能区分亲密程度。但其中的含义是：我们所理解的世界上自然的、不可避免的事物，其实是由我们的母语塑造出来的。文化差异和语言差异相辅相成。

上述观点一度被大肆嘲弄，其中最突出者当推史蒂芬·平克（Steven Pinker）2002年的著作《白板》(*The Blank Slate*)。在我看来，平克的论述言过其实。据我所知，没有谁认为自己是块任由母语书写的白板。毫无疑问，我们的性情与祖先有诸多相似之处，更不用说我们的近亲类人猿就有相互传递信号的倾向。但是，在世界各地被广泛接受的各种实例让自由社会陷入了难题。从西方视角来看，诸如荣誉处决、女性割礼、儿童兵、自杀式袭击等所谓文化承传是难以解释的。为什么不用语言来解释如此不同却根深蒂固的信念呢？

说来奇怪，越来越多的实验证据表明：语言确实在基础层面上影响着我们对世界的认知。薇薇安·埃文斯（Vyvyan Evans）2014年的著作《语言神话》

(*The Language Myth*)列举了一些案例。[1] 比如，与讲英语的人相比，讲希腊语的人对不同深浅的蓝色更为敏感。希腊语以两个词分别指称不同的蓝色，英语则不然。还是这两拨人，他们对绿色的识别并无差异，而两种语言里也都只有一个词指称绿色。

这一结论未必有力，但它确实表明，全盘否定索绪尔的观点为时过早。类似的案例又如：西班牙语中没有"马克杯"（mug）与"茶杯"（cup）之分，而讲西班牙语的人对杯子形状的敏感程度也不如讲英语的人。另一个更具启发性的例子是：当某物在不同语言中属性不同时，人们往往会根据自己母语中所界定的阴性/阳性来赋予该物相应的女性/男性特质。例如，"桥"在德语中为阴性，讲德语的人普遍认为其是美丽、优雅、脆弱、纤细的；同样是"桥"，在西班牙语中属阳性，讲西班牙语的人则对其持有结构宏大、坚固而高耸的传统印象。

知识链接：

费尔迪南·德·索绪尔（1857—1913），瑞士语言学家，曾任教于日内瓦大学。其逝世后，学生们根据课堂笔记整理并出版了《普通语言学教程》。

---

[1] 参见 Vyvyan Evans, *The Language Myth* (Cambridge: Cambridge University Press, 2014), pp. 192–228。

能指

有人会说,神经科学(neuroscience)和心理语言学(psycholinguistics)才刚刚开始揭示我们的大脑是如何运作的。显然,相关研究还有漫长的路要走。与此同时,索绪尔的另一个主要贡献是指出语言是一种符号(sign)系统,而符号由两部分组成:一方面是能指(signifier);一方面是意义,即所指(signified)。为什么能指比文字更重要?因为文字并非意义的唯一载体。其他表现形式包括图像、数学或逻辑符号,还有人们常用的手势(表示礼貌或不礼貌)以及颜色(比如红绿灯)。拥有一个能涵盖所有这些符号模式、实践和对象的术语,着实令人欣慰。

但为什么是能指,而不是符号呢?因为符号是某物的象征与替代,该物被想象安置于某处,存在于我们的头脑或上帝的意念中,随时准备被命名。"猫"和"狗"这样的实物或许好办,但"现象学"(phenomenology)和"霍比特人的家庭生活"(the home life of hobbits)就难以述清了。而这些术语给它们带来了意义。

一旦能指与所指有所区分,意义的滑动就有可能被理解。回头再看前文列举的"crow"和"let",同样的能指可能包含一系列不同意义。此外,精神分析学中的"谈话疗法"（talking cure）建立在对话语的解释之上，它倾听连说话者本人都未必察觉的意义，尽管意识未曾接收，细心的倾听者却能理解。雅克·德里达（Jacques Derrida）补充道：由于意义取决于差异，而非与世界一一对应，所以无法在能指的基础上建立固定的所指，也不存在纯粹的概念。难怪弥尔顿在《失乐园》中难以描绘简单的善恶对立，而这也许就是为什么在威廉·布莱克（William Blake）看来，弥尔顿已成为魔鬼的同党而不自觉。德里达指出，意识本身为无意识所强化，后者正是从前者中消减掉的元素，却以未被承认或不可知的方式发挥着影响。

当你对我说话时，或者当我阅读马丁·艾米斯（Martin Amis）时，我所听到或看到的都是符号化的词语。你所说的内容可能超出你所知，艾米斯的作品也可能泄露他本人意想不到的意义。然而，我无法将这些意义与其表述相分离，也无法穿透能指去获取他物。这就是为什么有些歧义无法得到解决，始终摇摆不定。

语言不是透明的，它的另一面是虚无。但这并不意味着世界不存在，也不代表世界空无一物。相反，它仅表明意义并不固定存在于物体上或思想中。能指与世界匹配之处，可以引领登月行动的发生，或者救命疫苗的问世；未匹配之处，则有占星术、同性恋恐惧症、死亡集中营、公开处决等，而这些在其支持者看来皆合乎情理，因为命名背后亦有现实。

知识链接：

雅克·德里达（1930—2004），法国哲学家，任教于巴黎高等师范学校。著作多达七十余部，最著名的包括1967年的《论文字学》（*Of Grammatology*）和《写作与差异》（*Writing and Difference*）、1978年的《绘画中的真理》（*The Truth in Painting*），还有我个人最欣赏的1980年的《明信片》（*The Post Card*）。对小说的评论汇集在1992年的《文学行动》（*Acts of Literature*）中。

语言的创造性

意义的不稳定性，意味着交流不一定会发生。但是，我们仍然确信语言的目的在于交流吗？人类和动物之间的交流既有连续性，也有差异性。在野外，动物们彼此传递信号，长尾猴发出呼叫以示警告，蜜蜂通过跳舞来传递哪儿花粉最好的信息，这些都是交流。但在更发达的形式中，语言还包括对话和回应。那么，如果将人类语言视为竞技场——为了吸引注意力，争夺统治地位，或者仅仅为了乐趣——结果会如何？此外，诸如演讲与笑话的魅力，还有谜语、填字、猜字、拼字游戏和作诗带给人们的快乐……这些由作者智慧与词汇规则交互而成的结果，我们又应如何解释？

不管怎样,一旦把语言从所谓的外在束缚中解放出来,它就不再仅仅是工具,抑或思想与实物的替代品。它作为一种生成力占据着应有的地位,成为儿歌、猜谜游戏、说唱、相声、双关语、小说之源。

《作者之死》

由于写作的不透明性,批评没有给作者留出解释的空间。1968年,巴黎发生抗议活动,同年,罗兰·巴特(Roland Barthes)以革命性姿态宣告"作者已死"[1]。这一宣言引起了恐慌,西方世界的作家纷纷站出来,宣称自己活得很好。与此同时,愤怒的批评家一再表示,即便看过巴特所写的内容,即使不在意那耸人听闻的标题,他们仍然无法理解这篇文章。实际上,巴特并非声称作品可以自动写就,相反,《作者之死》("The Death of the Author")是关乎批评的。

愤怒的传统主义者或许有回避这个问题的动机。巴特指出,对作者(法文原文为"Auteur",首字母大写,以表明所讨论的不仅仅是书写者,还有各类创作者)的关注,迎合了批评的冲动。而那些为参透作品之秘密所积攒的背景知识,则会遏制文本的不稳定性与不可判定性,从而限制解释的可能性。"赋予文本一

---

[1] 参见 Roland Barthes, "The Death of the Author," in *Image - Music - Text* (London: Fontana, 1977), pp. 142-148。

位作者,就是强加一份限制,给出一个最终所指,进而封闭写作,"巴特讽刺道,"这种概念很适合批评……作者一旦被发现,文本就得到了'解释',批评家就成功了。"

那么,难道作品没有意义吗?当然不是。巴特认为,它们是由其他作品的互文(intertextual)痕迹构成的。从词源来看,"text"原义为编织,如"textile"这个词就是"纺织品"的意思。所谓"文本",即来源于"多篇作品"(multiple writings),包含典故和引用。在与其他作品对话、模仿、争论的过程中,交互关系形成了。这些关系是否出于有意识甚至经过深思熟虑,都无关紧要。如此丰富的多样性,其焦点不在作者,而在读者。巴特以一句革命性口号为其宣言作结:"读者的诞生必须以作者的死亡为代价。"

从读者的角度来看,不可判定性使文本得以保持鲜活,而这也正是我们会反复阅读的原因。一旦文本得到解读,就即刻死于我们怀中。不过,读者地位的提高并不意味着一种新的主观主义,文本的奥义也不会从一个人的脑袋溜进另一个人的脑袋中。在巴特的理论中,读者与作者一样,也是非个性化的(impersonal)。于是,作品的受众并不是通常意义上的个体,而是"无历史、无生平、无心理"的。这个人不过是文本目的性的体现,"仅仅是在同一范围之内把构成作品的所有痕迹汇聚在一起的某个人"。

如果说作者批评的时代已经结束，那么我们可以宣告：读者批评的时代已经到来。但是，与以往埋首钻研信件与日记，仅旨在以不同文字揭示作品单一而明确的意义相比，这样的批评需要付出多得多的努力。那些构成文本独特性与不可判定性之处，应得到尽可能多的关注。

知识链接：

罗兰·巴特（1915—1980），法国哲学家、批评家。曾就职于法国社会科学高等研究院，后在法兰西学院担任文字符号学（literary semiotics）教授。代表作有1970年的《S/Z》、1975年的《文本的快感》（*The Pleasure of The Text*）与1977年的《恋人絮语》（*A Lover's Discourse：Fragments*）。

《神话修辞术》

此类批评不一定会搁浅价值判断。不过，评价也不是其主要目的，道德教育同样不是。事实上，文化实践可能会让我们变得更糟而非更好——柏拉图如若看到我们在这一点上跟紧他的步伐，也许会略感欣慰。

战后的问题，与其说是文学指导，不如说是文化中生成的神话。早在《普通语言学教程》中，索绪尔就提出了在社会层面建立"符号学"的可能性。到了

20世纪50年代,巴特遵循这一思路,写就一系列挖掘时事、物件、活动之本质的短小精悍的专栏文章并结集出版。尽管其中有些主题今天看来已经过时,这本《神话修辞术》(*Mythologies*)也已被广泛模仿,但其初时的智慧锋芒仍然令人惊异。比如洗涤剂(detergent),巴特将之视为和平时期经济的新特征,因其将自己宣传为"赶走灰尘",而非"消灭灰尘"。巴特总结道:"其功能是维持公共秩序,而不是制造战争。"又如玩具(toy),在经历了战时财政紧缩后重返市场,它们为消费主义制造了温床:"孩子只不过被设定为拥有者和使用者,而非创造者——他不会创造世界,只是在使用世界。替他准备好的现成动作,没有惊险,没有惊奇,也没有惊喜。"[1]

巴特的一则评论在英语世界引起了强烈共鸣。在某期《巴黎竞赛报》(*Paris Match*)的封面上,一名身穿法国军装的黑人士兵摆出敬礼姿势。他的目光上扬,似乎正凝视着三色旗。这意味着什么呢?意味着帝国主义自发进行重建,民众欣然拥护。在对殖民主义的敌意日益高涨的时代,这张照片再次印证了一个正在消失的神话:"法国是一个伟大的帝国,不分肤色,所有子民都在旗帜下尽忠尽责。"

关于一个老生常谈的话题——被妖魔化的流行文

---

[1] 参见 Roland Barthes, *Mythologies* (London: Vintage, 2009), p. 32, 58, 139。

化与增益人生的艺术之间的对垒,《神话修辞术》一书并无兴趣。它还曾经发声,指责文学会将农民送上断头台,因为其不能理解审讯中使用的文学词汇。如果文学仍被视为正统价值观的灌输之道,那么正统本身现在就成了问题。

《神话修辞术》英译本于20世纪70年代问世,这一时期的英美批评已可觅得身份政治(identity politics)的踪迹。凯特·米利特(Kate Millett)1970年的《性政治》(*Sexual Politics*)从女性主义(feminist)视角对四位主流男性作家做出解读,这本辛辣诙谐的作品一经问世便大获成功。同样令人瞩目的还有杰梅茵·格里尔(Germaine Greer)于同年出版的颇具挑战意味的《女太监》(*Female Eunuch*)。这一时期,虚构文学表现依然突出,包括通俗言情小说。后殖民批评(postcolonial criticism)也紧跟脚步,标志性作品当推爱德华·萨义德(Edward Said)1978年的《东方学》(*Orientalism*),书中分析了大量显示白人优越性的文本。此后,酷儿研究(queer studies)初露锋芒,直至逐渐站稳脚跟。正如各种著作中所呈现的,批评要么是揭露压迫,要么是颂扬反抗。

随着交流模式的降级,批评领域的选择与机遇发生了翻天覆地的变化。越来越多的人开始相信:批评对社会具有重要洞见。兼容并包的氛围中,新的篇章即将展开。

五 批评的现状

文本性

除了《圣经》与莎士比亚的作品外,如果还能带一部批评著作到荒岛上,巴特的《S/Z》[1] 会是我的首选。当然,那些对批评范式之变具有划时代意义的作品也在考虑范围之内,如埃里希·奥尔巴赫(Erich Auerbach)1953 年的《模仿论》(*Mimesis*)、诺斯罗普·弗莱(Northrop Frye)1957 年的《批评的解剖》(*Anatomy of Criticism*)、韦恩·布斯(Wayne Booth)1961 年的《小说修辞学》(*Rhetoric of Fiction*)。不过我最终还是会选择《S/Z》。论及理由,相当重要的一点是:它的内容无法被简化为单一的论点。这本书的观点精彩纷呈,妙语连珠,如果偶有一页平淡无奇,下一页必是异常精彩。究其原因,在于它系统地将作品还原为作为文本本身的存在,也即重建了作品的文本性(textuality)。

裹挟于 20 世纪 70 年代迸发的一系列激进思潮间,《S/Z》并未及时得到关注。该书与燕卜荪的《朦胧的七种类型》有不少相似之处,比如对批评界的影响都来得相当迟缓,又比如对读者都提出了较高要求。我之所以展开讨论这个点,是因为它汇集了我们这本书

---

[1] 参见 Roland Barthes, *S/Z* (London: Cape, 1975, reissued Oxford: Basil Blackwell, 1990)。

中提及的诸多问题。首先，它指出精心创作的虚构作品可以使读者在深度阅读时获得更多信息，这些信息是以文本形式呈现的，而非由作者传达。价值判断不再是阅读的主要任务，至于道德方面，比起把虚构作品当作训诫课堂，更重要的是追踪故事中所呈示的伦理之变。

巴特强调能指层面的阅读，不追溯文字背景，亦不逾越文字本身，但允许字词的朦胧、表达的含混（equivocation）及意义的滑动。在某种程度上，《S/Z》将虚构作品视为书写新文化史的素材，在肯定阅读具有浪漫属性的同时，继续为批评指明前进的方向。

目前为止，本书一直遵循以往的批评实践，将重点放在诗歌与戏剧上。但《S/Z》涉及的是一部散文体小说，即收录于该书结尾的奥诺雷·德·巴尔扎克（Honoré de Balzac）的《萨拉辛》（Sarrasine）。这篇故事于 1830 年问世，至今堪称经典。它创造了一个引人入胜的语境，引导读者一步一步去探索它所提出的问题：神秘的朗蒂一家来自何方？是什么让他们腰缠万贯？那个着装奇特、骨瘦如柴的老人又是谁？……和所有优秀的现实主义作品一样，答案暗布于叙事细节，只有被反复阅读后才会浮出水面，或作为线索出现，或扮作掩人耳目的干扰项。在这种情况下，作者巧妙地安排叙述者"我"为自己倾慕的对象解密，以讲故事的方式重述雕塑家萨拉辛的过去：他曾将阉人歌手赞比内拉误认为女性，并对其陷入热恋。《S/Z》指出：阉割的斜线（/）将萨拉辛（Sarrasine）与赞比内拉（Zambinella）分开，同时，S与Z这两个字母大致互为镜像关系——"萨拉辛在赞比内拉之中凝视他自己的阉割"。

巴特将《萨拉辛》归入易懂（lisible）与可读（readable）[1]作品之列。其实，几乎所有经典的现实主义小说都可以用"readable"一词的普通意义来解读，因其拥有通行的结构，遵循一个逻辑，遵守语法规则，看起来无关乎歧义与悖论。尽管谜底直到文末才得以披露，但它们仍不失为交流的典型，即把读者当作故事的被动接受者。在教学大纲上，现实主义小说大多居于后列——毕竟，其中有什么值得分析的呢？

《S/Z》出版于1970年，当时与散文体小说相对的另一个极端是新小说（nouveau roman），它拒绝遵守关于可读性的所有准则，挑战传统的交流模式。极端现代主义于文字之外构造世界，却刻意干扰读者，使之无法有序进入其中。如此，文本便不再局限于单一的所指。但可读即意味着可写（scriptible, writable or inscribable）吗？巴特不这么看。并不存在一个满是空白的文本，向读者完全开放，任由其填充。

---

1 原注：巴特原著以法语写就，该处译为英文时采用了看似行话的"readerly"（可读性），实则不利于理解，故依意改为"readable"。

纯粹可读的文本仅有单一的意义,其读者即故事的被动消费者。与所谓纯粹可写的文本一样,它们都属理想类型,只存在于假设中。真正的小说介于两者之间,如德里达所说,解构了这种对立。批评的任务则是:积极寻找任何个别文本有限的多元性,探索其可传达的意义范围。这并非易事。比如19世纪的经典小说,其模仿现实的手法已相当精细,读者但凡把握现实,便能走进作品。除了这种被动的认知之外,《萨拉辛》还可以揭示什么?主动阅读应如何超越显而易见的表层信息?

如果说传统的批评绕过能指,更多着力于主题的概括(比如"艾略特剖析了英格兰中产阶级"),巴特则关注文本本身,并不逾越文本,也未曾寻求一个总体原则,好将能指的多样性归结为单一的目标(比如"哈代担心工业化给农村带来影响")。括注中的这类总结,即便经过漫长思考,也必然有所遗漏和剥落。米兰·昆德拉就曾直言:"我厌恶那些将作品简化为观点的人……面对这个处处皆观点却对作品本身漠不关心的时代,我感到绝望。"[1]《S/Z》没有从结论入手,而是对小说中的语言单位进行符号学分析,从而切断了作品的流畅性。其行文有意放慢节奏,以引导读者在阅读时思考我们做了或可能做些什么。

---

1 见 Milan Kundera, *The Art of the Novel* (London: Faber and Faber, 2005), p. 131。

诚然，本书不可能全面解析《S/Z》的批评之道，但是正如前文对燕卜荪的引介一样，举个例子或许能更好展现《S/Z》的特色。《萨拉辛》是这样开头的："我当时正沉陷在酣浓的白日梦中，在热闹非凡的晚会上，这般白日梦侵袭一切人，甚至肤浅的人也会觉着彻骨的震撼。"句中时态表明：该故事发生于过去。那么，读者由此推断故事现已完结是完全合理的，并且也理应被告知故事是如何完结的。除了这个隐秘的承诺，句首的未完成时态也暗示着后面将会交代当时究竟发生了什么，下文将以"当……"开启，引导读者寻找是什么打断了叙述者当时的幻想，在构成故事的一系列动作中，提高读者对第一个动作的期待。通过这样的手法，现实主义抑制了叙事的艺术性——后者往往鼓励读者透过能指去看事件，以持续阅读探寻结局。

此外，诉诸公认的识见，它还邀请我们去认识它所创造的世界的现实，所谓"白日梦"。无论人们是否在聚会上做过白日梦——我想我没有过——都认定他们对白日梦的经历是熟悉的，并令其以最自然的模样呈现在故事中。换言之，经典现实主义并不总是依赖于它所描绘世界的既有认识，而是自己创造一种现实，将其伪装成真实的生活场景。

同时，热闹的舞会本身所暗示的财富，构成了《萨拉辛》中的第一个谜。诸多内涵都未直接点破，比起单调的直叙，作品更倾向于以舞会之规模来衬托主人之富有。而那些被极力描绘的华美场面，也融入了故事情节。可读性强的文本往往重描述而轻抽象，重细节而轻概括。巴特指出：现实主义旨在生成一种幻觉，令复杂精细的文字体系趋于自然。

回头再看这句开场白，其中包含着一系列对比：喧闹的、社会化的、外在的舞会；沉默的、私人化的、内在的白日梦。它们决定了接下来的叙事将围绕外在与内在、过去与现在、生与死、爱与恶、阳与阴等等展开。此外，也正是在白日梦被舞会中断之际，这种对立关系开始走向瓦解——德里达或称之为解构（deconstruction）。最鲜明的是，阉人歌手扮演女性的历史打乱了外部与内部、过去与现在、异性恋与同性恋的关系，甚至让代词"他"与"她"这两种最常见的性别标记也变得含混不清。

被动的读者当然可以单纯为故事而阅读，仅了解文字的字面含义。相比之下，巴特这样的批评家则是主动的读者，惯于从不同层面分析意义的产生。对他们而言，上面这句简短的开场白虽然只是场景的设置，但已确定了叙述者的性别，暗示了后续谜团从何而来，并定义了故事中的对立关系。巴特将《萨拉辛》这样的作品比作一部复调乐谱，在其中，不同的乐器遵循不同的旋律线同时演奏。

理想情况下，批评家会仔细聆听每一段旋律，随着时间推移，也可能听见其中的复调。还是以《萨拉辛》为例，在故事的开始，朗蒂家十六岁的女儿登场，美丽而充满异域风情。作者并未简单罗列其外在生理特征，而是将其与《天方夜谭》（*The Arabian Nights*）中的公主进行比较，以展现其美貌。对此巴特强调：美是可引证的（citational）。除了引用已有实例以外，还有什么方法能恰如其分地描述美丽呢？逐条列举美的属性？那样只会把身体分割成一个个零部件。而如果能借用为人们所熟知的、纯粹虚构且同样不确定的美来描述新的美，则可达到完美贴切之感。把这位年轻女子描述得与苏丹王的公主一样美，其实是在肯定一个不容置疑的观点：这似乎只是在创造一种形象。后文中还有这样的句子："这个神秘的家族对人们有一种吸引力，犹如一首拜伦（Byron）的诗作。"拜伦哥特式的神秘气质，有助于加深作品中营造的谜之氛围。巴特对此评论道："现实主义作家把时间都花在了引证上，所谓现实，就是前人所写的内容。"

"永恒之人"

除此之外，现实还包括众所周知的、被人们奉若真理的事物。在《萨拉辛》中，艺术的准入门槛极高，天才不修边幅，年轻人不守规矩。而在其他可读之作里，大叔如果不是乐天派的，则多半为邪恶人物，孤儿常受虐待,真爱可以成就救赎。这样看来,哈利·波特系列故事在现代作品中可能最具可读性,因为人们很熟悉其中由来已久的"真理"。

如此公式般的形式带来了安全感,因其令人们知晓自己的立场,并于阅读中反复确认——无论他们的个人经历能否证其真假。举个例子,尽管我的继母对我倾注了浓烈的爱,但当我在其他语境中遇到"继母"这个词时仍会感到别扭,因为童话里的继母形象往往并不正面。然而总有那么些时候,虚构与现实之间的脱节已演化至断裂,而后对虚构作品的研究便会证明,人们所接受的观念既源于自然和经验,也源于历史。同时,对于世界的信念也是可以改变的。

请看《萨拉辛》里一段关于性别的匿名评述:"那突如其来的恐惧、不合情理的任性、出于本能的忧虑,还有冒冒失失、大惊小怪的模样,以及细腻入微的情感变化,都是典型女性的表现。"

将"女性"直接与"非理性"画等号,这样的言论在1830年或许甚为普遍;但到了21世纪的今天,大多数西方读者都会对此提出质疑。回头来看,19世纪在诸多方面确实处于女性地位的低谷期——我很怀疑这一点是否令莎士比亚的读者信服。随着时间推进,关于性别、种族、阶级的观点都在发生转变,但并非总是朝着好的方向发展。

实际上,"典型女性"(woman herself)¹这一说法也受制于历史。如果没有过去的作品来提醒,我们通常会认为在自己时代里所发生的事情是不可避免、不可改变的,是人性的自然结果。这就要提及巴特在《神话修辞术》中命名的"永恒之人"(Eternal Man)²——自启蒙运动以来,这个人物就一直代表着我们自己。作为"典型女性"的伴侣,"永恒之人"最初的形象是白人男性,有着英雄气概和冒险精神,生来就是要统治其他种族的。也正是由于这种主导社会秩序的角色定位,伴随着全球化进程,这一形象的种族身份日益多元化,看上去也不再过于专横,但竞争意识与开创精神不减。而后,又渐生各种不同特质:理性的、好斗的、善于合作的、个人主义的、热衷社交的、贪得无厌的、一夫一妻制的、淫乱滥交的……乃至将诸种特质合于一体。这些都取决于一时一地的人们的品味偏好与政治信念。

"永恒之人"首先意味着难以改变。就这一维度而言,乌托邦式的理想永远无法实现,"永受人性束缚"。进化心理学(evolutionary psychology)为此提供佐证:我们于内心深处仍然扮演着狩猎采集者(hunter-

---

1 《作者之死》首段对此亦有评述,见 Roland Barthes, *Image - Music - Text* (London: Fontana, 1977), p. 142。
2 关于"永恒之人"的特征,见 Roland Barthes, *Mythologies* (London: Vintage, 2009), p. 167。

gatherer），为了繁衍后代而结成异性伴侣，男性为挣得生活所需，白天外出工作，到了夜晚将物资带回家。换言之，西方城郊的社会习俗不仅定义事物存在的方式，还定义其运行的规则，这一点被认为由基因赋予，与生俱来。任何偏离这些规则的社会实验都将消亡，因为"这就是人性"。

同时，虚构作品又使这一形象复杂化，面对不同时代的观众呈现出不同态度。与"典型女性"一样，"永恒之人"时有突变。例如，古罗马诗人贺拉斯曾留下警句"为国捐躯，万分光荣"；身陷大战炮火的英国诗人威尔弗雷德·欧文（Wilfred Owen）则讽刺回应道："为祖国捐躯的光荣，不过是古老的谎言。"又如莎士比亚笔下的波洛涅斯，临终前告诫儿子"莫放贷，也别借债"——毫无疑问，这个建议放在1601年是合理的；但如果他的儿子身处现代，便失去了跻身有房一族的良机。

时代在改变，社会观念也随之改变。没有什么能比虚构作品更生动地描绘这些变化。如果想要了解前人如何看待爱情、冲突、哀悼、复仇、友谊、仇恨……最好去读读他们所写的相关故事。虚构作品的突出优势正在于能够很好地捕捉这些细节。12世纪以前，浪漫爱情小说并不受欢迎；相反，中世纪男性之间的友谊备受推崇——骑士们需要可信赖的伙伴去帮忙寻找外科医生。再看16世纪的英国，当国家开始涉足管理私人恩怨时，复仇伦理受到了严重质疑。家庭价值观在19世纪达到顶峰，对战争的崇拜则在1914年至1918年跌入谷底。

虚构作品还展示了善与恶的观念如何随着时代变化。在追溯这些变化之前，我们要先给自己打上一剂预防针：我们的理解可能与原作者差别很大。如此，我们可能会找到某种程度上的相对性，证明变化不仅是可能的，而且是不可避免的，只是受到惯性的制约——一如"典型女性"与"永恒之人"。

我在本书第三章中曾经指出，历史主义往往局限于就创作背景来解读虚构作品。那么如果反过来呢？换句话说，假设我们把虚构作品当作文化历史的来源呢？在历史上任何一个阶段，是虚构作品描写着好坏、善恶、荣耻，也是它们定义了什么值得追求，什么应当摒弃。这一观点看似另类，实则并不新鲜。著名的自由派政治家、"英国文人列传"（English Men of Letters series）丛书主编约翰·莫利（John Morley）在1887年谈到虚构作品的研究价值时说：

> 我认为文学系的学生应徜徉于书海，由此开启一段奇异旅程，在这途中探索人类的道德理性与感性冲动，研究关乎美德与幸福的定义，追溯其行为与态度的路径，从中一窥人类的真善观念是如何变迁的。[1]

---

1 转引自D. J. Palmer, *The Rise of English Studies* (London: Oxford University Press, 1965), p. 93。

通过虚构作品来研究价值观的变迁史，这个角度确实是可行的。

含混

那么，研究的重点是否在于从不同时代的作品中提炼出共性和程式？不完全是。让我们回到《萨拉辛》的引文。尽管男主人公与读者此刻尚不能确定，但他们终将发现：上述关于"典型女性"的评论，所述对象根本不是女性，而是女性的模仿者。在这种情况下，我们还能把这一评论当作当时的事实吗？

作为一段间接引语，它没有交代出处，没有明确引用，甚至没有"他认为"这样的开头。那么，是谁告诉我们这就是"典型女性"呢？

是巴尔扎克吗？这是他自己对女性抱有的观点，还是他对当时社会性别成见的讽刺？

是萨拉辛吗？这是他肯定自己所爱之性别的依据，还是他渐生疑窦时安慰自己的说辞？

是作品本身吗？这是为了迷惑读者而刻意推迟披露关键信息，还是提示读者去体察萨拉辛的自欺欺人？

故事并没有交代。读者可以任选其中一种观点，但批评家不能这么做，这会牺牲其他观点的可能性。实际上，这个问题注定无法解决，我们最终还是无从确定这段关于女性的描述是否真实反映了萨拉辛以及

19世纪读者的观点（即女性确实是胆小的、受本能支配的），抑或是否运用了讽刺手法，以拉开读者与萨拉辛之间的距离。

那么，如果不可判定性以一种新的姿态出现，交流也因其更加模糊，我们还能借助虚构作品来研究价值观的变迁吗？在这种情况下，朦胧并不表现为一个词或词组拥有多重含义，而是以含混的形式出现，含而未露，欲语还休。比如此处，文章假装是在评论女性，实则隐瞒自己的态度，不下判断。实际上，这种含混正是为故事情节服务的。诸种谜团（谁曾是萨拉辛的挚爱？现在那个矮小的老人又是谁？）得以维系，取决于对以女性形象示人的阉人歌手真实性别的隐瞒。具有讽刺意味的是，这句针对女性的片面评论却构成了一条线索，揭示出真正的主题，即所谓的女性不过是被阉割的男性——说直白一点，它是关于阉人的谎言，却声称说出了关于女性的真相。

关于叙述的含混，例子还有很多。每当故事发展到需要用代词指代阉人时，就面临着选择。如果用"他"，谜底即被泄露，故事不再有悬念；而如果用"她"，读者则会继续被误导。索绪尔曾强调翻译之难，而由此观之，《萨拉辛》更是给译者带来了诸多难题。就代词而言，法文比英文更具特色：在法文中，物主代词[1]的阴

---

1 译者按：此处应指法文中的主有形容词和主有代词。

阳与所修饰名词相关,而不是与物主本身一致。因此,在某些情况下,当英文不得不进行代词之选时,法文却能完美避开性别不谈,如"son protecteur"(他/她的保护者)或"sa poitrine"(他/她的胸部)。不过,在另一些地方,则轮到法文发起误导或提前泄密,如阴性的"je serai forcée"(我不得不)。

在这种情况下,代词构成了交流的主要障碍。此外还有各种类型的含混,也在文本中频现。为了推动情节发展,为了在最后揭晓答案,虚构作品往往将受众引入误读之域,令其错误地指认凶手,偏袒恶人或误会好人。经典的现实主义作品往往看似一目了然,实则重重掩盖真相。巴特称这种不可避免的含混为"交流中的缺陷"。

微妙的文化史

小说末尾,萨拉辛充满悲剧色彩的错误终于真相大白。然而,一切都拨云见日了吗?犯罪小说在结尾揭秘真凶;言情小说在最后揭晓真爱;而在《傲慢与偏见》的结局中,韦翰先生暴露真实面目,达西先生得以自证清白……然后,读者将回顾整个故事,寻找自己曾在何处受到误导。但是,这些真相并不总是完整的,也不乏模棱两可之处。回头再看上述关于"典型女性"的评论,仍然至少存在三种可能性:其一,它是对女性的真实观察，只是被萨拉辛错误地用于阉人歌手身上；其二，它是对女性的真实看法，只是被叙述者"我"错误地用于阉人歌手身上；其三，对于那些具有洞察力的读者（或反复阅读文本的读者）来说，它是一段显而易见的讽刺，其观点完全是错误的。

要借助虚构作品推演文化史，就不能孤立地分析特定语境中的某一句话。让我们回过头来看看：《萨拉辛》是如何刻画其女性角色的？她们是否具备"典型女性"那胆小不安的特质呢？根据巴特的分析，这些女性异常强大，可称为"阉割者"（castrator）；而真正的无能之辈，却是男性。

那么，这部小说的其余部分是否驳斥了当时社会对女性的普遍偏见呢？

是，也不是。女性在此间行使权力时是巧妙而谨慎的，且具有操纵性，与所谓的女性准则并不相悖。于是，第三种解释出现了：这一时期的女性在某种程度上堪称"女性的扮演者"，她们拥有相当的权力，也认同社会普遍流行的性别观念，于是将自己表现为阴柔的、胆怯的、非理性的——在两性之争中，这种特性被她们当成武器来使用。换言之，所谓女性气质不过是一场表演而已。

以上诸种解读，无一定论。如果说为了服务于故事情节，不得不以此番论调来推延谜底的揭露，那么不难推断：此处对于女性的点评，至少在小说问世的时代是看似合理的。不过，既然是"虚晃一枪"，那么文本就应当是开放的，至少在被回顾时会呈现出反讽之义。而一旦结合小说中的女性形象来看，则又不能排除第三种可能性，即"典型女性"是基于对女性的模仿衍生而成的。如此，在《萨拉辛》中，现实主义小说只是伪装成真相，主流信仰只是伪装成天性，而女性气质本身也是一场伪装。表现朗蒂家族财富之盛的那场舞会，则装点出一个外表光鲜诱人的国度。

从虚构作品中推演出的文化史，将直面这些看似矛盾的可能性，重点关注那些含混的情形，并在此过程中展示价值观是如何微妙而复杂地发生着变化。就《萨拉辛》而言，我们可以推断：在当时的法国，两性关系是焦虑的根源。表面上看，主流社会或将女性形象理想化，或予其怜悯，或对其贬低，而正因为如此，其真正面对的挑战却被掩盖了。

那么，我们是否可以把这些都归结于巴尔扎克自身的女性观呢？答案是否定的。

《作者之死》将读者置于批评的中心，其根本原因在于：从文化史的角度来看，问题不在于什么驱使着作者，而在于什么吸引了读者；不在于作者个人内心深处发生了什么，而在于什么吸引了公众来关注该文本。巴特提到，20世纪60年代重新燃起的《萨拉辛》研究热潮，恰恰伴随着性别关系的又一场震荡：当时，复兴的女权主义正尝试与同性恋合法化运动结盟。由此看来，代词的使用确实具有误导性，毕竟性别差异已不再是简单的二元对立。历史上的阉割行为确属暴力，即便以艺术之名仍难掩血腥，但在《萨拉辛》里，正是这跨性别的身份，才令故事充满魅力。

文化批评

阉割，这一最初的暴行，正是解释朗蒂家族神秘财富之源的关键。如果说《萨拉辛》或多或少记录了当时社会的性别观念，那么它对于复杂的经济状况则更是刻画得入木三分。朗蒂家族的舞会浓墨重彩地展示了其财富之盛，背后隐藏的却是禁忌而血腥的秘密：钱，是靠阉人歌手赚来的。文化史学家可能会继续追问：这些财富中，是否尚有凭正规途径获取的？又有多少是由侵吞土地、剥削劳动力或性交易而累积的？

现在呢？当财富的载体演化成钞票与信用卡，其来源已无从追究。大到企业董事会，小到街头巷尾，暴力的倾轧无处不在，这意味着一个人的利益获得仍然以另一个人的利益损害为代价。诸多当代小说和电影聚焦于上述问题，如奥利弗·斯通（Oliver Stone）1987 年的《华尔街》(*Wall Street*)、唐·德里罗（Don DeLillo）2003 年的《大都会》(*Cosmopolis*)、约翰·兰切斯特（John Lanchester）2012 年的《资本论》(*Capital*) 等。一些肥皂剧中也有相关讨论，主要表现为对收入差距和贫困经历的演绎。文化批评（cultural criticism）正是如此，它既着眼于当下，也回顾过往的价值观变化史，将虚构作品视为一种信息来源，以考察人们正关注着什么，又相信着什么。

说到这里，它会如何理解爱、恨、悲伤、友谊等情感呢？又将怎样解释性、性别身份等议题呢？虚构作品始终在探寻合适的方法，来定义乃至重新定义那些难以直言的情形和感受，又因其本身朦胧或含混的表达，常常伪装成另一副模样。而批评的任务之一，就是关注当下作品中不断变化的描述。

这并非易事。文本的朦胧与含混之处、回避或肯定之辞，都须予以密切考察。文化批评认为：时至21世纪，人们的观念一如既往地复杂和矛盾。虚构作品善于展现观念，但表达的结果往往是不确定的、不可判定的。

不过，在两个被明确定义的选项之间，其不可判定性既不朦胧，也不含混。正如《S/Z》一般，我们既可以对含混进行解读，也可以根据个人喜好择一方向，二者之间并行不悖。批评教会我们拒绝接受既有知识，对于当代文化中那些被理所当然地推崇或摒弃的观念，应予以重新评估。正如当前理论所示，如果文化在一定程度上塑造了我们对世界的看法，并首先寓于我们的分享和争论中，那么对当代虚构作品的分析，就能让我们对自己的态度和观念有一个批判性的审视。

不过，这需要我们重新整合部分原始素材：一方面是文学研究，有针对性地考察历史；一方面是文化研究，主要着力于当代。不走近流行文化，就不可能理解当前的社会价值观。那些对独立电影、实验戏剧及所谓文学小说避而不谈的研究，往往一开始就为民粹主义所束缚。只有通过新的思路，才有可能触及过去未知的领域。同时，如果我们无法有效厘清文化的分支，也绝不能以牺牲历史为代价来强调当下。理解当代文化的最佳方式，是将之与过去的社会价值观相对照，破解其中的连续性与差异性。唯有全面投入文化研究，宏观考察今昔文化，才有可能深入剖析自我，理解文化塑形之道。

课程

说到教育，在我看来，应鼓励孩子们从小开始体味阅读之趣。在设置教学内容时，灌输传统美德并非第一要务，而应像托马斯·格雷、马修·阿诺德以及《纽波特报告》所倡导的那样，将更多重心放在词汇量的提升上。新的词汇，往往勾连出新的思想。此外，尽管官方较少强调，但语法教学也相当重要，因其以特定的方式关联着思维，而学生们将据此理解语言交流如何生成于惯例之中。举例而言，不管你想说什么，你所采用的词序都将影响他人对这句话的解读。所谓语法规则，并非凌驾于语言实践之上，相反，它可以且应当不断被打破——不过在那之前，我们要先对其充分掌握。

每个学生都应至少学习一门第二语言，借此近身观察不同文化是如何以不同方式介入这个世界的。在教学初期，要尽可能让学生们树立这样的意识：文字的含义是不固定的、模棱两可的。无论是在字词层面，还是在整个文本层面，意义的表达都不是纯粹主观的，往往不为个人所支配。同时，意义本身也不属于任何人，不受制于权威的统一定义。如此，英文课堂将成为向语言学和批评传统发起挑战之所。

由此出发，文化批评将在课程中扮演重要角色，学生们也在此过程中一步步成长为积极思考的批评者。这些年轻人熟悉自己的文化，知晓其与过去价值观之别。当然，这仅仅是个起点，还要不断抛出问题，比如：罗密欧与朱丽叶的故事，是否与我们相类？此处的"我们"具体指谁？要知道，当今西方社会中仍然不乏遵循包办婚姻传统的地区。又比如：莎士比亚笔下的爱侣们有何特别之处？浪漫的爱情故事同样有历史痕迹可以追溯，而随着四个世纪的推移，总有一些变化已经发生。这些特异之处，正是人文教育的核心。

阅读的浪漫

与此同时，虚构作品还带给人乐趣。文化批评之所以能在知识层面提升人们对世界的洞察力，是因为这些素材展示了社会观念的连续性与差异性，对读者（或观众）具有广泛的吸引力。作品本身往往记录了创作当下的想象，而其被阅读（或观赏）的过程，则意味着这份想象获得了共鸣。阅读的动机有很多，比如紧跟潮流，寻求归属，打动他人，等等；但究其根源，最重要的还是获得享受。

就我们所知，文化总是与故事和歌曲相伴，前者包括神话、史诗、戏剧、炉边故事、小说、新闻、电影等，后者则有圣歌、圣诗、童谣、抒情诗、劳动号子等。虚构作品在诸多方面引发共鸣，如英雄主义、魔法世界和神圣之域，又如复仇、宽恕、欲望、悲伤之情。所有的证据都显示：虽非放之四海而皆准，但绝大多数人将会享受这种于能指所标记的安全范围内发生的情感参与。文字与图像不仅维系着激情，还同时控制着其输出内容的强度——人们总会被提醒："这只是一个故事。"

不过，虚构作品的共情作用仍有可能强大到令人着迷。阅读有时类似于浪漫故事，听故事者与讲故事者之间会建立起一种特殊关系，好比莎士比亚笔下的苔丝狄蒙娜，正是在听奥赛罗自述其生平时爱上他的。那一段段关于冲锋陷阵、死里逃生及神秘历险的传奇让苔丝狄蒙娜听得出了神，她不顾手头的家务，恳请奥赛罗讲述更多故事，并吐露出自己心中萌生的感情。

奥赛罗向威尼斯参议院众元老回忆道："她向我道谢，对我说，要是我有一个朋友爱上了她，我只要教他怎样讲述我的故事，就可以得到她的爱情。"

公爵听到这话并不惊讶："像这样的故事，我想我的女儿听了也会着迷的。"

苔丝狄蒙娜并不是第一个被故事征服的女人。早在莎士比亚之前，在维吉尔笔下，当听完埃涅阿斯讲述特洛伊陷落的悲惨故事后，狄多便已倾心于这位被放逐的英雄。被故事打动，也并非女性的特权。《天方夜谭》中，国王一夜夜听山鲁佐德讲故事，一天天推迟她的死刑，直至一千零一夜后，他娶了这个善于讲故事的女人，并封其为王后。"叙事的起源点是欲望。"巴特一语中的。难怪《萨拉辛》中那个讲故事的"我"会期待听故事的侯爵夫人做出浪漫回应，所谓"一晚欢爱换一个好故事"。

正如《天方夜谭》所展现的：悬念，让一个好故事更具吸引力。通过设置悬念，山鲁佐德为自己赢取了生存空间。每一夜她都会留下一个未完待续的故事，或开启一个全新的故事，这样，国王就会为了知晓故事结局而让她一直活下去。如今的杂志、小说、电视剧也深谙此道，以长久地维系受众。只要谜团仍待解开，只要结局尚未揭晓，我们就有充足的动力听/看/读下去。

19世纪早期伊朗出版的《天方夜谭》封面，描绘了山鲁佐德讲故事的场景[1]

不过在我看来，悬念还不足以解释虚构作品的全部魅力。否则，故事岂非都成为一次性用品？如果猜测结局是唯一的动机，人们就不会反复回味《爱玛》（*Emma*）和《简·爱》，不会将经典影片多次搬上荧幕，那些看过莎士比亚原作的观众，也就不会被其二度创作所吸引。同样，狄多听埃涅阿斯讲述特洛伊之陷落时，已经了解这场战争的结局；苔丝狄蒙娜也深知奥赛罗的每次历险最终都逢凶化吉，否则他无法站在这里追述。更重要的是，虽然抒情诗与十四行诗时

---

[1] 图源：大英博物馆。

有叙事元素，但甚少涉及悬念。回到本书一开始谈论的那首《安眠封印了我的灵魂》，读者在进入该诗之前，已通过标题中的"did"（曾经）知晓事件的结束。即便诗中确有谜团，也与主线无关，而全诗的重点却在于那份无法挽回的感受。听埃涅阿斯讲故事的狄多与此相类：她内心想听到的、真正打动她的，其实就是身临其境之感。对此，我的观点是：感受与故事同等重要。

故事，而非讲故事的人

《萨拉辛》里的"我"曾企图用故事换一夜风流，最终未能如愿。那段利用阉人歌手累积财富的情节，让听故事的侯爵夫人深感厌恶，进而与"我"作别并陷入深深的沉思。埃涅阿斯、奥赛罗起初要幸运一些，不过与从此过上幸福生活的山鲁佐德夫妇相比，狄多、苔丝狄蒙娜最终还是因为自己的爱人悲惨死去。

如果爱上作者是危险的，那么，阅读的浪漫里包含着怎样的代价？其实，作者也许仅仅是一个替身，所代表之物并未真正登场。小说《斯通纳》（*Stoner*）中，主人公威廉·斯通纳就拥有一个独一无二的倾心对象。这位来自农场的青年人，在攻读农学学位的第二年选修了一门文学课程。某日，当讲师谈到莎士比亚十四行诗第七十三首之《在我身上你或许会看见秋天》("That Time of Year Thou Mayst in Me Behold"),并邀请学生加以评论时,斯通纳支支吾吾。不爱出风头的他,一时找不到合适的语言来形容这首诗,但心中并非对此无知无觉。下课后,"斯通纳一动不动地坐了几分钟,眼睛盯着前面那道窄窄的地板木条,这块地板早已被他从未见过或者认识的学生们不安分的双脚磨掉了漆,蹭得光光的了"。后来,他离开了教室,看到了"树木光秃秃、疙疙瘩瘩的枝条,全都蜷曲着、扭扭歪歪地冲着苍白的天空",恰恰呼应着莎翁所写"bare ruined choirs where late the sweet birds sang"(荒废的歌坛,那里百鸟曾合唱)。此后第二学期,他便转而攻读文学专业。[1]

约翰·威廉姆斯(John Williams)的这本《斯通纳》于1965年面世,2003年再版,追溯了一位英文教师的心灵成长史。他的人生因为与一首诗的邂逅而彻底改变,自此,一种难以言喻的深情萦绕他左右,令所有熟悉之物都生动莫名。他恋爱了,爱上了一首诗。他后来的人生故事并不圆满,人际关系也总是磕磕绊绊,然而纵观其一生起落,不变的始终是那份对文艺复兴时期诗歌的挚爱。

还有什么要补充的?在我看来,眼下批评的一项

---

[1] 本段故事,见 John Williams, *Stoner* (London: Vintage, 2003), pp. 10-13。

重要任务就是合理解释阅读的浪漫[1],也即由故事与诗歌所引发的奇特冲动。今日的批评渐趋复杂,方式方法令人眼花缭乱,但仍未好好回答这一关键问题。是什么驱使我们去阅读故事和抒情诗?虚构作品的哪些特征会触发我们的欲望?

关于语言及其在塑造身份方面的作用,前文已有论及。我们也逐渐认识到,其他动物与我们一样拥有依恋、恐惧、悲伤等情感;但显然,它们不会就这些情感何以产生而展开交流,也不会深究其中深义。而这,正是虚构作品存在的意义,即以语言直抵人类这一物种之核心,探寻其在各种人文环境下所呈现的时间连续性与文化差异性。与此相伴被记录的,是人们不断变化的理想、矛盾不定的忠诚与激情。而当批评能够客观梳理这一切,并为虚构作品的特殊意义准确定位时,也就是其大放异彩之日。

这是我的观点。

你怎么看?

---

1 进一步论述请见拙著 *A Future for Criticism* (Oxford: Wiley-Blackwell, 2011),尤其是第一章与第七章。

延伸阅读

综述类

除前文所涉作品外,以下论著同样对 20 世纪批评界产生了不可磨灭的影响,极大地改变了批评的格局。

其一,埃里希·奥尔巴赫《摹仿论》,见 Erich Auerbach, *Mimesis* (Princeton NJ: Princeton University Press, 1953)。由荷马至弗吉尼亚·伍尔夫,该书对西方近三千年来的经典文学作品进行细读,追溯了现实主义的起源。

其二,诺思洛普·弗莱《批评的解剖》,见 Northrop Frye, *Anatomy of Criticism* (Princeton NJ:

Princeton University Press，1957）。该书根据文学作品的不同类型，对其结构形式进行了多层面的精细分析。

其三，韦恩·布斯《小说修辞学》，见 Wayne C. Booth，*The Rhetoric of Fiction*（Chicago IL：University of Chicago Press，1961）。作者提出了"不可靠叙述者"（the unreliable narrator）等重要概念。

其四，热拉尔·热奈特《叙事话语》，见 Gérard Genette，*Narrative Discourse*（Oxford：Blackwell，1980）。该书为小说文本分析提供了一套叙事学术语。

如果对定量分析（quantitative approach）感兴趣，可参考弗兰克·莫莱蒂《远距离阅读》中的几篇文章，见 Franco Moretti,"The Slaughterhouse of Literature","Planet Hollywood"and"Network Theory, Plot Analysis," in *Distant Reading*（London：Verso, 2013），pp. 63-89, 91-105, 211-240。

此外推荐阅读的还有黛德丽·莎娜·林奇《爱好文学：一段文化史》，见 Deirdre Shauna Lynch，*Loving Literature：A Cultural History*（Chicago IL：University of Chicago Press，2015）。对于批评批评与理论会令受人喜爱的作品也变得枯燥乏味这一观点，该书进行了驳斥。作者指出，由 1750 年到 1850 年，文学阅读已成为一项私密而富有激情的活动，并延续至今。

实践类

一些作家同时也是出色的批评家，如 T. S. 艾略特。推荐阅读其论作《传统与个人才能》，见 T. S. Eliot, "Tradition and the Individual Talent," in *Selected Essays* (London: Faber and Faber, 1951), pp. 13 - 22。该作就"非个人化诗论"（impersonality of poetry）做出了阐释。

又如贝托尔德·布莱希特，作为一名剧作家，他致力于研究戏剧与观众之间的关系，探索戏剧改革。其观点可参考《布莱希特论戏剧》，见 Berthold Brecht, *Brecht on Theatre*, trans. John Willett (London: Eyre Methuen, 1964)。

其他不可绕过的重要作品还有：米兰·昆德拉《小说的艺术》，见 Milan Kundera, *The Art of the Novel* (London: Faber and Faber, 2005)；托尼·莫里森《在黑暗中弹奏：白色与文学想象》，见 Toni Morrison, *Playing in the Dark: Whiteness and the Literary Imagination* (London: Picador, 1993)；玛格丽特·阿特伍德《论作者与写作》，见 Margaret Atwood, *On Writers and Writing* (London: Virago, 2015)。

法国理论

这一类别下可圈可点者颇多,详细论述请见拙著《批评实践》,即 Critical Practice (London: Routledge, 2002),以及《后结构主义简论》,即 Poststructuralism: A Very Short Introduction (Oxford: Oxford University Press, 2002)。以下仅简要列举。

首当推荐的是雅克·德里达《他者的单语主义》,见 Jacques Derrida, Monolingualism of the Other (Stanford, CA: Stanford University Press, 1998)。德里达有关文学的讨论文章被收集出版为《文学行动》,见 Derek Attridge (ed.), Acts of Literature (New York: Routledge, 1992)。

必读之作之一,罗兰·巴特《恋人絮语:一个解构主义的文本》,见 Roland Barthes, A Lover's Discourse: Fragments (London: Jonathan Cape, 1979)。

米歇尔·福柯《性史》则从本质上重新定义了性的身份及其历史,见 Michel Foucault, The History of Sexuality (London: Allen Lane, 1979)。

此外值得一提的还有苏珊娜·费尔曼的长篇论文《解释的螺丝在拧紧》,可借此重读亨利·詹姆斯《螺丝在拧紧》(The Turn of the Screw)并开启全新思考,见 Shoshana Felman, "Turning the Screw of

Interpretation," in *Literature and Psychoanalysis*, (Baltimore, MD: Johns Hopkins University Press, 1982), pp. 92-94。

索引

本索引页码均为原书页码,即中译本边码

A

Addison, Joseph（约瑟夫·艾迪生）61, 66, 67

Aesop（伊索）60

ambiguity（朦胧）95–104, 120, 121, 130, 132, 136

Arabian Nights（《天方夜谭》）140–142

Aristotle（亚里士多德）3, 31, 35–41, 42, 43, 56, 57

Arnold, Matthew（马修·阿诺德）35, 63, 65, 69–70, 71, 76, 82–83, 89–90, 92–93, 96, 137

Artaud, Antonin（安托南·阿尔托）40

Auerbach, Erich（埃里希·奥尔巴赫）119, 155

Austen, Jane（简·奥斯丁）68, 74, 88, 132, 141

author, the（作者）8–15, 27, 41, 59, 76–77, 89, 96, 104–106, 114–116, 120, 134, 142

"A slumber did my spirit seal"（《安眠封印了我的灵魂》）5–27, 50, 56, 71, 92, 141

B

ballads (歌谣) 12 - 15, 92
Balzac, Honoré de (奥诺雷·德·巴尔扎克) 120 - 134, 142
Barthes, Roland (罗兰·巴特) 114 - 134, 140, 157
Beardsley, Monroe C. (门罗·C. 比尔兹利) 105 - 106
Bible (圣经) 70, 75, 91
biography (传记) 46 - 55, 77, 78
Boccaccio, Giovanni (乔万尼·薄伽丘) 47 - 48
Booth, Wayne (韦恩·布斯) 119, 155
Brooks, Cleanth (克里安斯·布鲁克斯) 103 - 104
Byron, George Gordon (乔治·戈登·拜伦) 125

C

Chaucer, Geoffrey (杰弗雷·乔叟) 61, 66
Churchill, Caryl (凯萝·邱吉尔) 108
Coleridge, Samuel Taylor (塞缪尔·泰勒·柯勒律治) 17 - 19, 67
Collins, William (威廉·柯林斯) 22
communication (交流) 89 - 95, 99, 113 - 114, 118, 121 - 122, 130 - 132
Congreve, William (威廉·康格里夫) 16
Conrad, Joseph (约瑟夫·康拉德) 75
cultural history (文化史) 82, 120, 128 - 136
cultural studies (文化研究) 79, 82 - 88, 136 - 137

D

Dante (但丁) 47 - 48
DeLillo, Don (唐·德里罗) 135
Derrida, Jacques (雅克·德里达) 111 - 112, 122, 124, 157
Dickens, Charles (查尔斯·狄更斯) 54 - 55, 66, 68
Donne, John (约翰·邓恩) 46 - 49
Dryden, John (约翰·德莱顿) 12

E

elegy (挽歌) 21 - 22, 92
Eliot, George (乔治·艾略特) 75, 122
Eliot, T. S. (T. S. 艾略特) 66, 85 - 86, 156
Empson, William (威廉·燕卜荪) 25, 95 - 100, 103, 106, 119, 123

English teaching（英文教学）46，59-88，103-104，137-138，143

Evans, Vyvyan（薇薇安·埃文斯）109-110

experience（经验）72-75，77，93-94

F

fiction（虚构作品）2-3，8-10，15，18，23，29，31-38，56-57，77，106，128-136，139-144

form（形式）26-27，38-44，106

Forman, Simon（西蒙·福尔曼）29-31

Freud, Sigmund（西格蒙德·弗洛伊德）50-54

Frye Northrop（诺斯罗普·弗莱）119，155

G

gender（性别）118，126-134

genre（体裁）38-39，42，45，105，106

Graves, Robert（罗伯特·格雷夫斯）95

Gray, Thomas（托马斯·格雷）65，89-92，98，107，137

Greenblatt, Stephen（斯蒂芬·格林布拉特）81

Greer, Germaine（杰梅茵·格里尔）118

H

Herrick, Robert（罗伯特·赫里克）17

historicism（历史主义）78-82，104，129

Hoggart, Richard（理查德·霍加特）84，86-87

Homer（荷马）31-32，35，41，92

Horace（贺拉斯）41-42，47

human nature（人性）44，77，78，126-127

I

intention（意图）3-4，89，96，104-105

intertextuality（互文性）115-116，125

J

James, Henry（亨利·詹姆斯）75

Jones, Ernest（欧内斯特·琼斯）53-54

Jonson, Ben（本·琼森）9

K

Knox, Vicesimus（维塞斯莫·诺克斯）61-62，66，68

Kundera, Milan（米兰·昆

德拉)55,122

L

Lacan, Jacques(雅克·拉康)58

Lanchester, John(约翰·兰切斯特)135

language(语言)24, 89-94, 98, 99-102, 105, 107-114

Leavis, F. R.(F. R. 利维斯)66, 74-76, 78, 83-84, 104

Leonardo da Vinci(列奥纳多·达·芬奇)50-53

Lewis, C. S.(C. S. 刘易斯)80-81

literature(文学)2-3, 67, 117

M

Marlowe, Christopher(克里斯托弗·马洛)60

mastery(掌控)20-21, 101-104, 114-115

Miller, J. Hillis(J. 希利斯·米勒)19-20

Millett, Kate(凯特·米利特)118

Milton, John(约翰·弥尔顿)12, 22, 50, 61, 66, 67, 80, 89-92, 112

modernism(现代主义)121

morality(道德)3-4, 20-21, 23, 24, 27, 59, 68-76, 89, 104-105, 116, 120

Morley, John(约翰·莫利)129

N

Newbolt Report(《纽波特报告》)63-64, 70-71, 76, 93, 107, 137

New Criticism(新批评)81, 102-106

New Historicism(新历史主义)81-82, 104, 129

Nietzsche, Friedrich(弗里德里希·尼采)57-58

Nussbaum, Martha(玛莎·努斯鲍姆)78

O

Ovid(奥维德)60

P

Pater, Walter(沃尔特·佩特)50-51

Percy, Thomas(托马斯·珀西)12-13, 17

Pinker, Steven(史蒂芬·平克)109

Plato(柏拉图)3, 29, 31-38, 56, 57, 116

pleasure(快感)3-4, 57, 63-64, 139

Pope, Alexander(亚历山

大·蒲柏）42－44，46，61，66，102
popular culture（流行文化）2，67，73，74，78，83，86－87，88，117，136－137
Porter, Cole（科尔·波特）9
practical criticism（实用批评）73，74

R

realism（现实主义）45，120－122，123－125，133
Richards, I. A.（I. A. 理查兹）72－74，76－77
Riding, Laura（劳拉·赖丁）95
Romanticism（浪漫主义）50，106

S

Said, Edward（爱德华·萨义德）118
Saussure, Ferdinand de（费尔迪南·德·索绪尔）107－113，116，131
Scott, Walter（沃尔特·司各特）66
Shakespeare, William（威廉·莎士比亚）7－8，9，22，30，39，40，54，56－57，60－62，65－66，67，77，79，80，81，82，95，97－102，103，138，139－143
Shapiro, James（詹姆斯·夏皮罗）82
Shelley, Percy Bysshe（珀西·比希·雪莱）34－35
Sidney, Philip（菲利普·锡德尼）34
Spenser, Edmund（埃德蒙·斯宾塞）61，66
Stone, Oliver（奥利弗·斯通）135
Swift, Jonathan（乔纳森·斯威夫特）66，67
Suetonius（苏埃托尼乌斯）47

T

Thompson, Flora（弗罗拉·汤普森）62，68
Tillyard, E. M. W.（E. M. W. 蒂利亚德）80－81，84－85
tragedy（悲剧）3，36－38，39－40，57－58

U

undecidability（不可判定性）24－26，98，112，115－116，130－136

V

value judgements（价值判断）3，6，27，29，38－46，59，65－68，74－76，

77, 80, 87, 89, 104, 116, 120
Vasari（瓦萨里）51
Vaughan, Henry（亨利·沃恩）102-103
Virgil（维吉尔）47, 60, 92, 140, 141-142

W

Walton, Izaak（艾萨克·沃尔顿）46-49

Williams, John（约翰·威廉姆斯）142-143
Williams, Raymond（雷蒙·威廉斯）84, 86
Wimsatt, William K.（威廉·K. 维姆萨特）105-106
Wither, George（乔治·威瑟）9
Wordsworth, William（威廉·华兹华斯）10-27, 50, 56, 62, 92, 141